L'IMAGIER DE HARLEM

OU

LA DÉCOUVERTE DE L'IMPRIMERIE

DRAME-LÉGENDE A GRAND SPECTACLE

EN CINQ ACTES ET DIX TABLEAUX

En prose et en vers,

DE MM. MÉRY, GÉRARD DE NERVAL ET BERNARD LOPEZ,

Ballet de M. ADRIEN, Musique de M. ADOLPHE DE GROOT, Décors de M. DEVOIR,
Costumes dessinés par M. PETIT.

REPRÉSENTÉ POUR LA PREMIÈRE FOIS, A PARIS, SUR LE THÉATRE DE LA
PORTE-SAINT-MARTIN, LE 27 DÉCEMBRE 1851.

Prix : 1 franc.

PARIS,

LIBRAIRIE THÉATRALE, BOULEVARD SAINT-MARTIN, 12.

ANCIENNE MAISON MARCHANT.

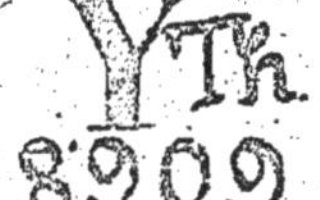

1852

L'IMAGIER DE HARLEM

OU

LA DÉCOUVERTE DE L'IMPRIMERIE

DRAME-LÉGENDE A GRAND SPECTACLE

EN CINQ ACTES ET DIX TABLEAUX

En prose et en vers,

DE MM. MÉRY, GÉRARD DE NERVAL ET BERNARD LOPEZ,

Ballet de M. ADRIEN, Musique de M. ADOLPHE DE GROOT, Décors de M. DEVOIR,
Costumes dessinés par M. PETIT.

REPRÉSENTÉ POUR LA PREMIÈRE FOIS, A PARIS, SUR LE THÉATRE DE LA
PORTE-SAINT-MARTIN, LE 27 DÉCEMBRE 1851.

DISTRIBUTION DE LA PIÈCE.

LE COMTE DE BLOKSBERG.		
OLIVIER LE DAIM..........		
LE DIEU PAN...............		
L'ALCADE MAJOR...........	SATAN........... MM.	MÉLINGUE.
LE BOURREAU..............		
MACHIAVEL................		
L'ESCLAVE................		
LAURENT COSTER, l'imagier...................		BIGNON.
LOUIS XI..................................		R. DROUVILLE.
L'ARCHIDUC FRÉDÉRIC III...............		SAVIGNY.
LE BOURGMESTRE DE HARLEM..............		SAINT-LÉON.
LE CORRÉGIDOR..........................		PARQUI.
CÉSAR BORGIA.....		H. LUGUET.
GUTTEMBERG..............................		A. PEUPIN.
JACOB FAUST, orfèvre.....................		MERCIER.
SCHÆFFER, vigneron......................		ANATOLE.
CHRISTOPHE COLOMB........................		
TRISTAN........................... ...		
ASPASIE.		
LA COMTESSE DE BLOKSBERG..		
LA DAME DE BEAUJEU..........	ALILAH....... Mmes	LAURENT.
IMPERIA.........		
L'IMAGINATION		
CATHERINE, femme de Laurent Coster...........		GRAVE.
LUCIE, sa fille..............		
LA REINE ISABELLE..........................		JOUVANTE.
ASTARTE, page, démon de la Volupté.............		DEBROU.
MINUIT,.................................		GALBY.
LA ONZIÈME HEURE..........................		VAUDRAS.

Heures (Corps de Ballet). Ballet des Heures et du dieu Pan dans le tableau du
Château de Beauté. — Courtisans, Courtisanes, Invités, Pages, Gardes, Alcades, Alguazils, Dieux, Déesses, Faunes, Sylvains, Matelots, Peuple.

L'action se passe à la fin du quinzième siècle.

L'IMAGIER DE HARLEM.

ACTE PREMIER.

—

PREMIER TABLEAU.

A Harlem, chez Laurent Coster. — Un intérieur gothique, porte au fond, porte à gauche. — Ameublement flamand, pauvre, de la fin du XVe siècle. — A droite, sur le devant, un établi avec les outils d'un graveur sur bois. — A gauche au fond, un buffet et une table. — Sur le devant un petit poêle avec une marmite en fer dessus. — Chaises.

SCÈNE PREMIÈRE.

LAURENT COSTER, *puis* GUTTEMBERG.

COSTER, *seul, gravant sur une petite planche de bois.*

Qu'il est doux à la main le travail qu'on fait avec le cœur !... (*Contemplant une gravure.*) Aspasie !... (*Écoutant.*) Et ce bruit que j'entends là sous mes pieds... se sont mes trois compagnons qui terminent mon œuvre... (*Se levant.*) Ce bruit me réjouit l'âme. Voyons ! (*Ouvrant une trappe au milieu du théâtre.*) Guttemberg ?

GUTTEMBERG, *montrant sa tête à l'ouverture de la trappe.*

Maître ?

COSTER.

Eh bien ?

GUTTEMBERG.

Ce n'est pas prêt !

COSTER.

Ah ! ma femme ! (*Il laisse tomber la trappe et retourne à son établi.*)

SCÈNE II.

CATHERINE, COSTER.

CATHERINE, *entrant de gauche.*

Bonjour, Laurent. (*Elle l'embrasse.*)

COSTER.

Bonjour, Catherine.

CATHERINE.

Oh ! que fais-tu donc là ? (*Elle regarde une gravure.*) Dieu ! que cette femme est belle ?

COSTER, *avec expression.*

N'est-ce pas, Catherine ? Vois-tu, c'est la copie d'une médaille antique que Périclès l'Athénien fit frapper en l'honneur de la plus belle femme de son temps.

CATHERINE.

Et comment l'appelles-tu ?

COSTER.

Aspasie.

CATHERINE.

Aspasie ? Je t'ai entendu dire que c'était une courtisane.

COSTER.

C'est vrai... Pourquoi faut-il que des traits aussi beaux aient servi d'enveloppe à une âme impure ! (*Il tombe dans la rêverie.*)

CATHERINE, *se penchant sur lui.*

Coster, à quoi rêves-tu ? Aurais-tu un chagrin, et le cacherais-tu à ta femme, à ta bonne Catherine... ce ne serait pas bien... Est-il possible d'être plus heureux que nous le sommes ?... Nous avons tout ce qui fait le charme de l'existence, une pauvreté honorable que le travail peut enrichir ; quelques amis qui sont notre famille : une petite maison pleine de calme et de sérénité, un jardin délicieux avec beaucoup d'ombre l'été, un peu de soleil l'hiver. Nous faisons envie à quelques-uns et nous n'envions personne. Les riches en nous voyant si contents s'imaginent que nous sommes des leurs et nous demandent avec tristesse le secret de notre bonheur domestique... que nous manque-t-il donc ? y a-t-il dans Harlem un ménage plus heureux... et le ciel n'a-t-il pas béni notre union par la naissance d'un ange ?

COSTER, *se levant.*

Catherine !.. je ne suis ingrat ni envers le ciel ni envers toi !

Notre fille vient à peine de naître, et je crois déjà voir en elle
ta vivante image!

CATHERINE.

Pourquoi donc es-tu toujours si triste, mon ami? le bonheur
doit toujours être gai.

COSTER.

Écoute, chère Catherine, je ne puis avoir aucun secret pour
toi!.. J'ai une grande raison d'être triste!.. Je ne peux pas
payer la patente que j'ai été obligé de faire prendre à Amster-
dam et dont j'avais besoin pour mon état.

CATHERINE.

Une patente! et pourquoi?

COSTER.

C'était indispensable.

CATHERINE.

Et combien coûte-t-elle, cette patente?

COSTER.

Deux cents ducats.

CATHERINE.

Miséricorde! Et où les prendrons-nous?.. Mais je n'ai jamais
entendu dire que pour être imagier, il fallût une patente si
forte. Tu me caches quelque chose, Laurent... Vois-tu bien, si
tu m'en croyais, tu ne t'intéresserais qu'à ta femme, à ta fille et
à ton état, sans t'inquiéter du reste...

COSTER.

Chère femme, ce que tu dis ne manque pas d'un certain sens
bourgeois qui me plaît: mais un homme ne peut pas toujours
faire ce qu'il veut, et ce que lui conseille sa femme.

CATHERINE, *rangeant et apprêtant la table au fond.*

Hein?... Est-ce parce que vous descendez d'une grande
maison, monsieur l'arrière-petit-neveu des anciens comtes de
Hollande, que vous méprisez les conseils de votre pauvre Catherine?

COSTER.

Ah! tu ne crois pas cela, je pense?

CATHERINE, *riant.*

Non, mon brave Laurent; je sais que ta naissance ne t'a pas
empêché d'épouser la fille d'un pauvre imagier dont tu as conti-

nué la profession ; je sais que c'est pour moi que tu t'es brouillé
avec les tiens et que tu as pris un état manuel.

COSTER.

Un état manuel ! que dis-tu, femme ? Un travail d'artiste ! un
travail qui ennoblit la main bien mieux qu'une épée, la famille
bien mieux qu'un blason !.. Je suis fier de ce travail ; c'est mon
orgueil et ma gloire, et la véritable noblesse des Coster commence aujourd'hui dans cet atelier. (*On entend des bruits sourds
souterrains.*)

CATHERINE, *prêtant l'oreille.*

Mon ami, je ne sais si mes inquiétudes me rendent toute tremblante au moindre bruit .. mais il me semble toujours que
j'entends là... sous mes pieds...

COSTER.

Ce n'est rien, Catherine, rien, te dis-je ; rassure-toi ! Voici
l'heure du déjeuner ; mets le couvert pour nous et nos trois
ouvriers. (*Il continue son travail.*)

CATHERINE, *à part, allant au buffet.*

Ce n'est rien ! ce n'est rien ! oh ! c'est sûrement quelque chose,
et mon oreille ne me trompe pas. (*Elle ouvre le buffet.*) Ah !
mon Dieu ! Coster ! on nous a volés !

COSTER.

C'est impossible ! nous n'avions rien !

CATHERINE.

Notre argenterie de table a disparu !

COSTER.

C'est moi qui l'ai prise.

CATHERINE.

Ah !

COSTER.

J'avais besoin d'argent... pour acheter une machine. (*Mouvement de Catherine.*) Un trésor ! et j'ai vendu mes couverts parce
qu'ils étaient d'argent... Il y a des couverts d'étain à la taverne
voisine, tu les emprunteras pour le déjeuner. (*Il se lève, on
entend le bruit souterrain.*)

CATHERINE, *écoutant.*

Coster, tu me trompes parce que tu ne veux pas m'effrayer...
nous avons des voleurs dans la maison.

COSTER, *l'arrêtant.*

Ecoute, Catherine, ce bruit que tu entends... c'est le bélier qui va battre en brèche le vieux monde, c'est l'imprimerie qui prend sa source dans ce caveau, comme un fleuve qui fécondera l'univers !.... Et de même que tout tremble ici sous nos pieds et autour de nous, tout va frémir, trembler, s'émouvoir sur la terre au bruit de ce merveilleux instrument.

CATHERINE, *à part.*

Allons ! je suis la femme d'un fou !

COSTER.

Tu ne comprends rien à cela, Catherine ?

CATHERINE.

Rien du tout, grâce à Dieu !

COSTER.

Eh bien ! va mettre le couvert.

CATHERINE.

Voilà ce que je comprends. (*Elle sort par le fond, et rentre un instant après avec des couverts d'étain et met le couvert.*)

SCÈNE III.

LAURENT COSTER, GUTTEMBERG, SCHÆFFER, FAUST, *puis* CATHERINE.

COSTER, *ouvrant la trappe.*

Maintenant ?

GUTTEMBERG, *montrant sa tête.*

Maintenant, c'est prêt !

COSTER.

Venez donc, compagnons ! (*Guttemberg arrive par la trappe suivi de Schæffer et de Faust.*)

GUTTEMBERG, *montrant une feuille imprimée.*

Voilà le premier-né !

COSTER, *prenant la feuille, au comble de l'enthousiasme.*

La première feuille imprimée ! la première goutte de notre Océan ! Félicitons-nous tous les quatre de cette invention, car nous y sommes, chacun de nous, pour quelque chose.

LES TROIS COMPAGNONS.

C'est vrai !

COSTER.

A moi appartient la première idée !

LES TROIS COMPAGNONS.

Oui !

GUTTEMBERG.

Tu es le créateur. Moi, j'ai eu la seconde, celle de mobiliser les lettres.

COSTER.

C'est vrai, cher Guttemberg.

FAUST.

Moi, la troisième, en ma qualité d'orfévre ; les lettres de bois étaient trop vite fatiguées ; j'ai eu recours à la fonte.

COSTER.

Oui, Faust, idée superbe !

SCHÆFFER.

Et moi, pour imprimer, j'ai pensé à employer le pressoir... une idée de vigneron, c'est mon état !

COSTER.

Merci, Schæffer. Serrons-nous tous cordialement la main, comme quatre frères, et soyons fiers chacun de notre part !

CATHERINE, s'avançant.

Le couvert est mis !

COSTER.

A table donc, mes amis ! (Les compagnons apportent la table au milieu du théâtre.) Et buvons au succès de l'œuvre ! (Ils se mettent à table.)

FAUST.

Oui, buvons, et entonnons l'hymne qui a soutenu notre courage !

GUTTEMBERG.

Chantez, maître... nous ferons chorus !

COSTER, chantant.

AIR composé par M. Adolphe de Groot.

Le travail est le Dieu du monde !
Il ennoblit nos quatre noms ;
Qu'au présent l'avenir réponde,
Travaillez, mes chers compagnons ! (Ter.)

Oui, notre œuvre sera bénie,
Travaillons du matin au soir !
Pour la pensée et le génie,
Vin nouveau qui sort du pressoir.

CHOEUR.

Le travail est le Dieu du monde, etc.

COSTER.

DEUXIÈME COUPLET.

Second soleil, œuvre sublime !
Tout l'univers va vous bénir,
Et chaque feuille qu'on imprime
Est un rayon pour l'avenir !

CHOEUR.

Le travail, etc., etc.

COSTER.

TROISIÈME COUPLET.

Aux feux d'une clarté nouvelle
La raison brille et l'erreur fuit.
Voici la première étincelle,
L'univers n'aura plus de nuit.

CHOEUR.

Le travail, etc., etc.

CATHERINE.

Ah ! je ne suis pas curieuse...

COSTER.

Non, Catherine.

CATHERINE.

Mais je voudrais bien savoir quel sujet d'enthousiasme vous
a inspiré ce chant.

COSTER.

Qu'à cela ne tienne, ma gentille ménagère...

GUTTEMBERG.

Oui, maître Coster, c'est toute une histoire que la manière
dont la première idée vous est venue, et madame Catherine ne
la connaît pas.

CATHERINE.

Tu vois donc bien que tu me cachais quelque chose... C'est
mal, Laurent, mais je te pardonne à une condition, c'est de tout
me dire à présent.

COSTER.

Voici : le prieur d'un couvent de franciscains m'avait confié
les miniatures d'un missel ; mon travail fait, j'allai voir l'économe pour toucher mon argent ; il y avait sous les arceaux du

cloître des moines qui grattaient les lettres d'un vieux manuscrit pour passer le temps, entre Matines et Laudes. Je regardai
ce manuscrit et tout mon sang se glaça... c'était un manuscrit
de l'*Iliade* d'Homère !

CATHERINE.

Sainte Vierge !

COSTER.

Sais-tu ce que c'est, Catherine?

CATHERINE.

Non ; mais je pense que c'était un livre comme la Bible.

COSTER.

Tu as raison ; l'économe survint pour me payer les miniatures
de misssel, et je lui dis : Gardez votre argent et donnez-moi ce
vieux manuscrit que vos moines arrangent si bien avec leur
grattoir. L'économe, qui n'était pas économe pour rien, con-
sentit et fut très-joyeux. Voyez le petit chemin que prennent les
grandes inventions!... En rentrant chez moi je me disais : Ce
manuscrit est peut-être le dernier. On a gratté toutes les *Iliades*
pour inscrire sur leur parchemin des oraisons ou des traités de
scolastiques. On détruira ainsi tous les vieux chefs-d'œuvre; il
ne restera plus rien des divins poëtes de Rome et d'Athènes.
Oh! il faut trouver un remède à un si grand malheur.

CATHERINE.

Et tu l'as trouvé ?

COSTER.

Attends, Catherine.

CATHERINE.

Oh ! si tu avais commencé par la fin, je le saurais déjà !

COSTER.

Un jour, je terminais cette gravure de la belle Aspasie...

CATHERINE.

Elle est donc mêlée à ta découverte, cette Aspasie? (*Elle regarde l'établi où est la gravure d'Aspasie.*)

COSTER.

Oui, la beauté inspire toujours de grandes choses.

CATHERINE.

La beauté? Et la mienne donc?

COSTER.

Ne sois pas jalouse, Catherine. Si cette belle Athénienne a
plus d'une fois enflammé le génie, toi, ma femme, tu es faite
pour éterniser le bonheur. Je terminais donc mon image d'As-

pasie, et j'écrivais au bas avec de l'encre la légende habituelle, lorsque je fis une réflexion fort simple : pourquoi, me dis-je, ne pourrait-on graver les lettres comme on grave l'image? Pourquoi ne ferait-on pas une planche couverte de lettres et avec laquelle on reproduirait la même chose par milliers comme on fait d'une image? Aussitôt je me mis à l'œuvre, et je gravai sur une seule surface les dix commandements de Dieu, ce qui me réussit à merveille. Alors, je vous appelai à moi, compagnons, et nous confondîmes nos cœurs, nos veilles, nos travaux pour arriver au triomphe qui est notre récompense, aujourd'hui... regarde! (*Il lui montre la feuille imprimée; les compagnons remettent la table au fond.*)

CATHERINE.

Mais alors, tu as donc inventé quelque chose?

COSTER.

Mais voilà une heure que je te le dis.

CATHERINE.

Ah ! je comprends tout maintenant, c'est pour cela que tu es obligé de payer une amende..

COSTER.

Non pas une amende... une patente.

CATHERINE.

Amende, patente, comme tu voudras... il faut toujours payer... Vous inventez, vous payez l'amende.

COSTER.

Elle y tient !

CATHERINE.

Tant pis ! pourquoi inventez-vous? Eh ! mais c'est absolument comme notre voisin monsieur Vangrave. L'autre jour, il a inventé une machine pour labourer sans bœufs... Qu'à fait le bourg-mestre? il a pris les bœufs pour payer l'amende de la machine, et comme ça n'a pas été suffisant, il se trouve qu'aujourd'hui ce pauvre monsieur Vangrave n'a plus ni bœufs ni machine... Et voilà les inventions! (*On frappe à la porte du fond.*)

CATHERINE, écoutant.

Chut! on a frappé.

GUTTEMBERG.

Par le Christ ! si l'on venait pour saisir ici, j'emporterais plutôt la maison sur mes épaules.

COSTER.

Vous, mes amis, ne vous troublez pas... remettez vous au travail, et faites gémir le pressoir jusqu'à la nuit. (*Il ouvre la trappe, les compagnons descendent. A Catherine.*) Catherine, ouvre!

CATHERINE, *tremblante.*

Si c'était le bourgmestre!.. celui de la machine et des bœufs!

COSTER.

Tu me laisserais seul avec lui. J'ai un moyen de tout arranger.. (*On frappe.*)

CATHERINE.

Tu crois?

COSTER.

Oui, va!.. et ne reviens que quand je t'appellerai! (*Elle va ouvrir, le bourgmestre paraît au fond avec des hommes de justice... Elle salue d'un air embarrassé.*)

CATHERINE, *bas à Coster.*

C'est bien celui de la machine et des bœufs! (*Elle rentre à gauche.*)

SCÈNE IV.

COSTER, LE BOURGMESTRE, HOMMES DE JUSTICE.

LE BOURGMESTRE.

Ah çà, maître Coster, vous ne voulez donc pas payer votre patente?

COSTER.

Pardon, monsieur le bourgmestre, j'attendais la réponse à une supplique que j'ai adressée au conseil communal afin d'être dispensé de payer cette patente, en raison de l'immense utilité de mon invention.

LE BOURGMESTRE.

Bien, bien, les échevins s'en sont occupés, ils refusent... Allons, il faut payer.

COSTER.

Mais a-t-on bien réfléchi, a-t-on bien compris toute la grandeur de cette idée?

LE BOURGMESTRE.

On n'y a rien compris du tout; moi-même qui préside le conseil, je n'y comprends rien... Mais il faut payer la patente, voilà ce que nous avons tous compris à l'unanimité!

COSTER.

Mais encore une fois, monsieur le bourgmestre, ce n'est pas une chose difficile à comprendre !

LE BOURGMESTRE.

Quoi? ce que vous appelez la... la ?...

COSTER.

L'imprimerie !

LE BOURGMESTRE.

L'imprimerie !.. Eh bien, qu'est-ce que l'imprimerie? Est-ce que c'est un nouveau genre d'arquebuse? Puisque vous parlez, dans votre requête, d'utilité publique, et d'une machine qui doit battre en brèche... toutes sortes de choses !.. vous voyez bien que c'est une arquebuse !.. à moins que ce ne soit un canon?.. Est-ce que c'est un canon?.. c'est que vraiment ces gens-là ont l'air de nous prendre pour des imbéciles?...

COSTER, à part.

De la patience!.. (Haut.) Monsieur le bourgmestre!.. Tenez!... je vais vous expliquer mon invention !.. suivez-moi bien !..

LE BOURGMESTRE.

Je suis curieux de voir comment vous vous y prendrez pour me faire comprendre quelque chose !..

COSTER.

Vous allez être étonné de la simplicité de mon œuvre; supposez des petits morceaux de plomb coulés !...

LE BOURGMESTRE, avec la pantomime d'un homme qui cherche à
comprendre.

Bien, bien ! je comprends... du plomb...

COSTER.

Je les mobilise !...

LE BOURGMESTRE, de même.

Bien ! du plomb fondu... coulé, mobile!...

COSTER.

Je les fixe dans une rainure de fer que j'appelle composteur, après quoi !...

LE BOURGMESTRE.

Assez!.. assez!.. je le disais bien, nous ne pouvions par nous tromper... c'est une arquebuse.

COSTER, perdant patience.

Mais je vous dis, monsieur le bourgmestre, que c'est une machine à faire des livres, pour remplacer les manuscrits !

LE BOURGMESTRE.

Remplacer les manuscrits?... Eh bien! et les copistes?... L'honorable corporation des copistes?... Qu'en ferez-vous, s'il vous plaît, monsieur l'imagier?...

COSTER.

Eh bien,... les copistes feront autre chose!...

LE BOURGMESTRE.

Et que voulez-vous qu'ils fassent, les copistes?

COSTER.

Ils seront ouvriers imprimeurs!...

LE BOURGMESTRE.

Impossible!...

COSTER.

Pourquoi... impossible?...

LE BOURGMESTRE.

Parce que vous n'entendez rien aux statuts des corporations; il y a des corporations de copistes!... il n'y a pas de corporations d'ouvriers!...

COSTER.

Imprimeurs!...

LE BOURGMESTRE.

Imprimeurs!...

COSTER.

On en fera!...

LE BOURGMESTRE.

Diable!... comme vous y allez!... Ah çà, vous voulez donc, maître Coster, bouleverser le pays?. .

COSTER.

Je veux l'éclairer!...

LE BOURGMESTRE.

Vous!... un fabricant d'images?...

COSTER.

L'inventeur de l'imprimerie!

LE BOURGMESTRE.

Allons donc!... vous êtes fou!...

COSTER.

On a donné d'abord ce nom à tous les inventeurs!...

LE BOURGMESTRE.

Et on a bien fait. —Toute invention est une folie. La Hollande est bien comme elle est, ne la dérangez pas!...

COSTER.

Vous ne voulez donc pas voir par vos propres yeux, ma....

LE BOURGMESTRE.

Je ne veux rien voir !... Ah ! si... je veux voir votre argent !... Puisque vous ruinez les copistes, il est bien juste que vous indemnisiez le conseil municipal !... Une dernière fois, maître Coster... voulez-vous payer votre patente ?...

COSTER.

Si je le veux, certes,... oui !... mais je n'ai pas d'argent !...

LE BOURGMESTRE, *après avoir regardé autour de lui.*

Ils croient avoir tout payé, quand ils ont dit : Je n'ai pas d'argent !... Eh bien ! je vais vous en faire, moi !... (*Il remonte au fond et crie au dehors.*) Entrez !... hommes de justice, et saisissez tout !... (*Les huissiers entrent et sortent tous les meubles.*)

COSTER.

Saisissez mes meubles, vous ne saisirez pas mon idée... je vous en défie !...

LE BOURGMESTRE.

Votre idée !... On la trouvera bien votre idée !... (*Montrant la trappe.*) Ouvrez cette trappe !...

COSTER, *se mettant sur la trappe.*

Oh ! vous ne descendrez pas ici !...

LE BOURGMESTRE.

La loi descend partout, point de rebellion !...

COSTER.

Vous n'avez que le droit de prendre mes meubles !... prenez-les, vendez-les et payez-vous !...

LE BOURGMESTRE, *à un des hommes de justice.*

Ouvrez cette cave, vous dis-je... au nom de la loi !...

COSTER.

Vous n'entrerez pas !... (*Le Bourgmestre fait signe aux hommes de justice, ils engagent une lutte avec Coster, ils ouvrent la trappe. Un seul descend.*)

LE BOURGMESTRE.

Saisissez tout ce que vous trouverez !

COSTER, *à part.*

Ciel !... ma presse, mes outils !... ils vont tout prendre !... je suis perdu !...

LE BOURGMESTRE, *par la trappe.*

Eh bien, que trouvez-vous ?...

L'HUISSIER, *par la trappe.*

Rien !...

LE BOURGMESTTRE.

Comment, rien ?...

L'HUISSIER, *revenant.*

Il n'y a que les quatre murailles !...

COSTER, *à part.*

Dirait-il vrai ? — Je devine ! — Les compagnons ont tout emporté par le soupirail !... Sois béni, Guttemberg : merci, mes trois compagnons !

LE BOURGMESTRE.

Maître Coster, nous nous reverrons.

COSTER.

Je ne m'en soucie pas !

LE BOURGMESTRE.

Je vais faire mon estimation et mon rapport, maître Coster !... (*Il sort avec ses agents.*)

SCÈNE V.

COSTER, *seul.*

Allons, je commence bien !... me voilà dévalisé ! (*Il ramasse la feuille imprimée et la regarde avec attendrissement.*) La première feuille imprimée.... serait-elle aussi la dernière ? Impossible !... Le grain est au sillon, la moisson viendra !... Comme ces caractères sont beaux !... comme on lit aisément le texte (*il lit*) copié des œuvres de Jérôme !... « Aux premiers jours de la » création, l'esprit tentateur s'est révélé à l'homme et a causé » sa chute. Le premier homme est tombé sous la première pa- » role du démon. » Et moi, dans le désespoir où je suis, au fond de l'abîme où je viens de tomber, si le vieux démon de l'Enfer me demandait de signer un pacte avec lui !... Oh ! non !... l'homme n'a pas besoin de donner son âme pour vaincre son infortune ; l'homme a trois protecteurs puissants qui habitent avec lui, le Génie, la Patience et le Travail !... Avec ces trois auxiliaires, l'homme ne se brouille pas avec Dieu, et il est plus fort que le Démon ! (*Il se retourne et fait un mouvement de surprise en voyant le comte de Bloksberg, qui vient d'entrer, portant un costume allemand, l'air d'un courtisan âgé, mais plein d'élégance et de finesse.*)

SCÈNE VI.

LE COMTE DE BLOKSBERG, COSTER.

DE BLOKSBERG.

Vous êtes, si je ne me trompe, Laurent Coster, l'imagier?...

COSTER.

Oui!...

DE BLOKSBERG.

Et moi, je suis Caspar, comte de Bloksberg, chambellan de l'archiduc d'Autriche!

COSTER.

La visite d'un si haut personnage m'étonne beaucoup!...

DE BLOKSBERG.

Il ne faut s'étonner de rien; le monde est pavé de surprises, et rien n'est plus naturel qu'un miracle! — Ce matin j'ai assisté à une délibération des échevins de l'Hôtel de ville; il s'agissait de votre invention de l'imprimerie!.. Tous ces bourgeois ont une écorce pour épiderme, ils ne vous ont pas compris!... moi seul j'ai été frappé!...

COSTER.

C'est en vérité bien de l'honneur pour moi, seigneur chambellan!...

DE BLOKSBERG.

Cependant votre invention n'est pas neuve!

COSTER.

Ah!

DE BLOKSBERG.

Il n'y a rien de neuf; les Chinois, qui ont inventé toutes les inventions futures, ont découvert l'imprimerie onze siècles avant la création du monde, sous la dynastie des Tchat-Kao!... ils y ont même renoncé depuis six mille ans, et sont revenus à l'écriture, ce qui est plus naturel!... N'importe, vous êtes excusable, vous ignoriez ce que je vous dis, et je reconnais en vous un homme industrieux qui aurait pu inventer quelque chose, si tout n'était pas inventé depuis longtemps... (*à lui-même*) excepté le huitième péché capital!... (*A Coster.*) Vous pourrez m'être utile dans quelques entreprises, et je vous associe à mon ambition!... J'ai une grande fortune, quoique prodigue, une jeune femme, quoique vieux, et l'amitié de l'archiduc, quoique sincère!... Vous voyez que je réussis par les inverses; ma nature est dans le genre de la vôtre, je suis un chercheur de secrets, je fais de l'or !

COSTER.

Vous faites de l'or ?...

DE BLOKSBERG.

Oh ! rien n'est plus simple !... je fais même des diamants de la plus belle eau !...

COSTER.

Oh ! mon Dieu !

DE BLOKSBERG.

Trève à ces exclamations puériles qui m'offensent !... Oui, vous le savez, la matière est homogène, il s'agit de changer le rapport des particules au moyen d'un atôme dissolvant, universel, que les Grecs appelaient (*montrant une petite boîte*) demorgon ! j'en ai là, dans cette petite boîte !... une simple poudre blanche. (*Il va près du poêle et prend une petite tringle de fer.*) Voici un morceau de fer, regardez !...

COSTER.

Oui !...

DE BLOKSBERG, *mettant le bout de la tringle dans la petite porte du poêle.*

Je le fais rougir au feu de votre poêle, (*il jette une pincée de poudre sur la tringle de fer et la retire*) je projette de la poudre... et voilà de l'or à trente-six carats. (*Il jette la tringle à terre.*) Le diamant est encore plus facile, c'est du charbon qu'il s'agit de purifier... mot qui vient du grec πυρ, qui signifie feu... avec des mots grecs on arrive à tout. (*Prenant un morceau de charbon allumé.*) Avec ce morceau de charbon et une pincée de ma poudre, je pourrais vous donner l'escarboucle de l'empereur Aureng-Zeb !... Eh bien, que dites-vous de cela, maître Coster ?...

COSTER.

Je dis qu'il y a déjà bien assez d'or et de diamants sur la terre, mais que la lumière et l'instruction y manquent, cet or et ce diamant de l'intelligence !... Mon invention n'est rien peut-être à côté de vos découvertes alchimiques; mais moi, j'ai un but moral... avec la mienne, je veux donner aux hommes la richesse de l'esprit !

DE BLOKSBERG.

Oui,.. je conviens que les hommes ont besoin de cette richesse, et je ne demande pas mieux de vous venir en aide pour faire triompher votre idée, maître Coster !

COSTER.

Vous me voyez au désespoir, monsieur le chambellan; les hommes que je veux éclairer se révoltent contre ma lumière et veulent l'éteindre! Les savants sont furieux de ne m'avoir pas devancé dans cette découverte, et me traitent de fou!...

DE BLOKSBERG.

Coster, vous ignorez la première lettre de l'alphabet du solliciteur!... Je suis homme de cour, moi, et je vous enseignerai l'art qui fait réussir!... Ouvrez vos salons, donnez une fête, invitez les notables, soyez galant auprès de la femme du bourgmestre, flatfez l'orgueil de monsieur Kaussens, l'échevin, l'avarice de monsieur Smett, son collègue, en lui promettant une part sur vos bénéfices d'inventeur!... promettez tout!... cela n'engage à rien !... croyez-en un homme de cour !...

COSTER.

Ouvrir mes salons!... donner une fête!... y pensez-vous, monsieur le chambellan?... regardez autour de vous, et ditesmoi si l'indigence est plus mal logée quelque part?...

DE BLOKSBERG.

Coster, vous êtes un enfant!... avec de l'or on achète tout ce qui manque; je suis riche, moi, nous sommes associés!

COSTER.

Que mettrai-je dans l'association !

DF BLOKSBERG.

Rien !... je mets tout !... d'ailleurs votre idée ne vaut-elle pas la moitié du capital?...

COSTER.

C'est juste!...

DE BLOKSBERG

Commençons par les invitations; mes pages attendent mes ordres devant votre porte, et les billets sont ici tout prêts... vous voyez que j'avais tout prévu!

COSTER.

Vous êtes un homme merveilleux!...

DE BLOKSBERG.

Non, j'ai étudié les hommes, en général, depuis Adam jusqu'à l'archiduc d'Autriche; voilà tout mon secret!... (*Les Pages entrent du fond, il leur remet des lettres.*) Portez ces messages à leurs adresses, (*les Pages sortent*) et courez comme on vole...

Mes lettres sont écrites au nom du comte de Bloksberg et du comte Laurent Coster de Brédenrode!... vous voyez que je connais vos parchemins de noblesse!... Voici les ouvriers qui viennent décorer vos appartements...les ouvriers de la cour!... (*Plusieurs ouvriers entrent apportant un riche mobilier.*)

COSTER.

Vraiment, seigneur chambellan!... la surprise me rendrait muet, si la reconnaissance ne m'obligeait à parler!...

DE BLOKSBERG.

Ceci est superflu, maître Coster; en vérité je ne sais quel est celui des deux qui oblige l'autre!... nous ne nous devons rien!... Tenez, puisque nous sommes sur le chapitre infini des découvertes, en voici une que nous devons à Héron de Syracuse, (*il montre le poêle*) c'est la découverte de la vapeur, la plus grande force motrice connue ou inconnue, le levier que demandait Archimède pour soulever le globe!... je vais vous démontrer cela!.., (*Il met son pied sur la marmite.*) Je comprime la vapeur de cette marmite!... Eh bien, maintenant, si votre poêle avait des roues, il partirait comme un éclair, et fendrait ce mur comme une feuille de papier!...

COSTER.

C'est diabolique!

DE BLOKSBERG.

Mais comme la vapeur est trop comprimée, vous allez voir éclater cette machine!...(*Il ôte son pied. — Le poêle éclate, une fumée blanche se répand dans la chambre, et en s'évaporant elle laisse voir un intérieur très-riche; à gauche, dans l'angle, le portrait d'Aspasie en pied.*)

DEUXIÈME TABLEAU.

SCÈNE PREMIÈRE.

DE BLOKSBERG, COSTER.

COSTER, *avec étonnement.*

Ah! ceci est de la magie!... mais comment tout d'un coup cette chambre s'est-elle transformée?

DE BLOKSBERG.

Oh! inventeur naïf!.. Enfant de génie!.. que de choses vous

avez encore à apprendre !... touchez cette toile que mes ouvriers
ont tendue !... C'est un trompe-l'œil !... un jeu de perspective
tout simplement !.. C'est un mensonge tissu !..

COSTER, *apercevant l'image.*

Ce portrait !.. mais je l'ai vu déjà ; je le reconnais !...

DE BLOKSBERG.

C'est Aspasie !...

COSTER.

Aspasie !..

DE BLOKSBERG, *passant à droite.*

D'Athènes !...

COSTER.

Oui, c'est elle !...

DE BLOKSBERG.

Je sais que tu as de la prédilection pour cette beauté fameuse,
et j'ai voulu qu'elle présidât cette fête !... une attention d'ami !..

SCÈNE II.

COSTER, DE BLOKSBERG, LE BOURGMESTRE *et* SA FEMME,
ÉCHEVINS, NOTABLES HOMMES *et* FEMMES, UN HUIS-
SIER.

L'HUISSIER, *annonçant.*

Messieurs les notables !

DE BLOKSBERG, *allant au devant et saluant.*

Et leurs épouses !...

L'HUISSIER.

Messieurs les échevins !.. Monsieur le bourgmestre !..

DE BLOKSBERG, *même jeu.*

Et madame la bourgmestre !

LE BOURGMESTRE, *à Coster en lui faisant force révérences.*

Ah !.. maître Coster, j'ai compris votre invention !..

COSTER, *saluant d'un air distrait.*

Monsieur le bourgmestre !..

LE BOURGMESTRE, *saluant encore.*

Oui !.. les lettres... le pressoir... mobilisé... c'est très-bien !..
c'est superbe !..

COSTER.

En vérité !..

LE BOURGMESTRE, *même jeu.*

Et j'ai pu croire qu'il s'agissait d'une arquebuse ?.. Mais je pensais au bien public !.. Ah ! grand homme méconnu !.. je m'incline devant vous !..

COSTER.

Monsieur le bourgmestre !..

LE BOURGMESTRE.

Maître Coster, laissez-moi vous féliciter sur votre admirable idée !.. Si les échevins n'étaient pas des idiots, selon leur habitude, et si la caisse municipale n'était pas à sec, selon son usage, on vous aurait voté une somme énorme pour l'invention de votre arquebuse !.. Permettez que je présente ma femme à un homme de génie comme vous !..

COSTER.

Oh ! Catherine, où es-tu ?

DE BLOKSBERG, *offrant un bouquet de pierreries à la femme du Bourgmestre.*

Veuillez bien, Madame, accepter cette modeste fleur des champs, imitée avec des pierreries !..

LE BOURGMESTRE, *prenant le bouquet.*

Voilà un cadeau d'empereur ; j'aime mieux cela qu'une simple fleur des champs !.. (*Madame la Bourgmestre le lui prend.*) Et ma femme aussi !..

DE BLOKSBERG.

C'est le comte Laurent Coster qui a composé ce bouquet !..

LE BOURGMESTRE.

Comte Laurent Coster, vous êtes la gloire de la Hollande et le flambeau vivant de l'humanité !..

SCÈNE III

LES MÊMES, CATHERINE. (*De Bloksberg offre son bras à la femme du Bourgmestre et se mêle avec le mari aux invités. Coster est seul sur le devant de la scène. Catherine entre ; après avoir regardé d'un air ébahi, elle s'approche de Coster.*)

CATHERINE.

Oh !.. Sainte Vierge !... Qu'est-ce que tout cela signifie, mon bon Coster ?... Est-ce un rêve ?

COSTER.

Un rêve ! non !.. je t'expliquerai tout. (*Montrant de Bloksberg.*) Vois-tu cet homme ?.. Tous les arcanes de la science, tous les secrets de la nature !..

CATHERINE.

Mais c'est plus beau ici qu'à la maison des échevins !.. Et
notre chambre?.. Et le poêle ?.. Mais ça m'épouvante, moi !

DE BLOKSBERG, *s'approchant.*

Revenez de votre effroi, dame Catherine !..

CATHERINE.

Il sait mon nom !

COSTER.

Il sait tout!..

DE BLOKSBERG.

Un peu d'or, beaucoup d'adresse, voilà le secret de tous les
prodiges !..

CATHERINE.

Tant de monde !.. Quelle figure vais-je faire, moi, au milieu
de ces belles dames avec ma toilette de ménage?

DE BLOKSBERG.

Voulez-vous un assortiment de pierreries et des couronnes de
fleurs, au choix ?

CATHERINE.

Des pierreries à moi ! vous voulez rire, monseigneur. C'est
ainsi que Laurent m'a aimée et m'aimera toujours.

COSTER.

Elle a raison !

DE BLOKSBERG.

Gardons nos diamants pour les femmes que leurs maris
n'aiment pas. (*Des Pages sont entrés portant des plateaux chargés
de coupes qu'ils présentent aux invités.*)

LE BOURGMESTRE, *élevant sa coupe.*

Au noble maître dont l'on nous promet tant de merveilles! à
Laurent Coster !..

TOUS, *élevant leurs coupes.*

A Laurent Coster !

COSTER.

Tu entends, Catherine ! quelle gloire! quel avenir !

CATHERINE, *l'embrassant.*

Quel bonheur! Et que tu as bien fait d'inventer quelque
chose !

COSTER, *regardant le portrait à part.*

Ce portrait!.. cette image!.. immobile sur cette toile!.. inani-
mée...mais vivante dans mon cœur.

DE BLOKSBERG, *bas à Coster.*

Je connais à la cour de l'archiduc une femme qui lui ressemble beaucoup... tu la verras.

COSTER.

La cour ! je la verrai !

LE BOURGMESTRE, *après s'être concerté avec ses confrères, s'approchant de Coster..*

Illustre descendant des comtes de Bredenrode, messieurs les échevins viennent de prendre une nouvelle détermination, instantanément après boire... ce sont les meilleures... ils viennent de voter des fonds pour vous envoyer à la cour de l'archiduc, et le grand carrosse municipal de la ville sera mis à votre disposition...

CATHERINE, *avec joie.*

J'ai bien entendu !

DE BLOKSBERG, *bas à Coster.*

Eh bien ! que te disais-je ? notre association commence à prospérer.

COSTER, *éperdu.*

A la cour !

LE BOURGMESTRE, *avec force.*

Vive Laurent Coster !

TOUS.

Vive Laurent Coster !

LE BOURGMESTRE.

A la santé de Laurent Coster !

TOUS.

A la santé de Laurent Coster !

CATHERINE.

Je suis donc la femme d'un grand homme ! (*Elle se jette dans les bras de Coster qui l'embrasse ; de Blocksberg offre son bras à Coster qui le prend et sort avec lui, suivi de tous les invités. Catherine sur le devant, au comble de la joie, les regarde.*)

TOUT LE MONDE.

Vive Laurent Coster ! (*Le rideau baisse.*)

ACTE DEUXIÈME.

—

A Aix-la-Chapelle. — La salle du trône, au palais de l'archiduc Frédéric III. Une grande entrée au fond. A droite et faisant face au public, une porte sculptée donnant dans les caveaux. — A gauche sur le devant est le trône. Du même côté, une grande fenêtre.

SCÈNE PREMIÈRE.

LE COMTE DE BLOKSBERG, COSTER, SEIGNEURS, *au fond.*

BLOKSBERG, *entrant de droite.*

Entrez, entrez, maître Coster; nous sommes chez nous... (*Montrant les seigneurs qui causent au fond.*) Ne vous effrayez pas de ces hommes qui causent là-bas... ce sont les ministres de l'archiduc Frédéric III d'Autriche, surnommé le Pacifique, parce qu'il se borne à rêver les conquêtes de César et d'Alexandre le Grand. (*Ils descendent sur le devant.*) Moi, j'ai l'honneur insigne d'être le fou de l'archiduc; c'est la première dignité de l'État. On nomme un fou pour faire croire que tout le reste de la cour est sage; et c'est précisément le contraire qui arrive, comme dans toutes les combinaisons humaines : le titre de fou ne m'enlève pas celui de chambellan. Je cumule ces deux charges et je touche deux honoraires. Vous voilà maintenant fixé sur ma position et mon crédit. Soyez donc sans crainte, vous êtes mon protégé.

COSTER.

J'ai laissé à l'hôtellerie ma femme et mes trois compagnons; ils ne connaissent personne à Aix-la-Chapelle, et ils sont déjà peut-être impatients de me voir.

DE BLOKSBERG.

Vous êtes très-naïf en amour et en amitié, maître Coster, c'est une belle qualité. Nos femmes et nos amis sont les seuls qui ne

s'inquiètent jamais de notre absence ; nos créanciers, à la bonne
heure. J'écoute votre pensée depuis une heure, et j'ai donné des
ordres pour que votre femme et vos trois compagnons soient
logés près d'ici.

COSTER.

Merci, monseigneur. J'admire tout dans ce vieux palais de
Charlemagne. (*Montrant la porte du fond à droite.*) Avez-vous
remarqué cette porte ? Quelles sculptures étranges... On les
dirait fouillées par le ciseau des vieux maîtres de Nuremberg.

DE BLOKSBERG.

Cette porte, maître Coster, conduit aux caveaux où dorment
les anciens césars d'Allemagne. L'archiduc, superstitieux comme
un bon Allemand, s'entoure d'une légion de magiciens qui pro-
mettent toujours de lui faire apparaître l'une des grandes ombres qui errent sous ces voûtes sépulcrales... Il attend et il paye.
Mais voici son altesse ! Tenez-vous à l'écart, et laissez-moi cau-
ser quelques instants avec monseigneur. (*Il sort en courant.*)

COSTER, *à lui-même, passant à droite.*

Cet homme étrange exerce une fascination qui me lie à ses
pas ; m'attire-t-il vers le bien ou le mal ? (*Avec résolution.*)
N'importe, marchons à l'inconnu.

SCÈNE II.

COSTER, L'ARCHIDUC, DE BLOKSBERG, Suite. (*Entrée vive
et bruyante.*)

L'ARCHIDUC, *à des seigneurs qui viennent d'entrer de droite.*
Bonjour, margraves.

DE BLOKSBERG, *vivement en riant.*

Bonjour, margraves, landgraves, rheingraves, burgraves et
tout ce qu'il y a d'hommes graves en Allemagne... Après moi,
bien entendu !

L'ARCHIDUC, *à un seigneur.*

Comte de Saltzbourg, je ne vois plus votre femme.

DE BLOKSBERG, *au même seigneur.*

C'est vrai, mon gros sénéchal, qu'en faites-vous ? ou plutôt
qu'en fait-on ?

L'ARCHIDUC, *passant à gauche, à un seigneur.*

Baron d'Aremberg, paierons-nous nos troupes ?

DE BLOKSBERG, *au même seigneur.*

Lui, payer ! jamais ! (*Le Seigneur fait un mouvement.*) Ah !

2

trésorier, argentier, économe, triple économe, lombard quo tu
es ! il doit à tout le monde... il doit à droite! il doit à gauche,
il doit à la ville, à la cour, aux manants, à la noblesse, à l'armée!
il doit à Dieu ! il doit au diable! il me doit trois années de trai-
tement, et je crois que ce bourgeois parvenu s'est acheté les
trente-six quartiers de sa noblesse avec les trente-six quartiers
de ma pension. (*Rire.*)

L'ARCHIDUC, *qui s'assied, à Bloksberg.*

Ah çà, Caspar, toi qui es si insolent avec tout le monde, on
m'avait affirmé que tu t'étais brisé le cou, la nuit, en cherchant
une bonne fortune dans un escalier dérobé... à ton âge !

DE BLOKSBERG, *au milieu.*

L'accident est vrai, monseigneur, mais un médecin qui est heureux aux jeux de hasard, m'a guéri... après cela, peut-être suis-
je mort... dans cette vie... est-on sûr... que votre altesse ne se
fie pas trop à mes apparences de vivant.. peut-être suis-je le
diable qui a pris la forme de votre fou défunt !

L'ARCHIDUC.

Si tu étais le diable, tu ne serais pas ici sans la permission de
mes magiciens ordinaires.

DE BLOKSBERG.

Je les connais vos magiciens... ils ne sont pas très-sorciers et
ce ne sont pas eux qui relèveront les finances de vos États.

L'ARCHIDUC, *étonné,*

Ah! eh bien, si tu en sais plus qu'eux, c'est le moment de te
montrer; mon trésorier et moi nous avons besoin de...

DE BLOKSBERG.

De conseils?

L'ARCHIDUC.

Non, d'argent...

DE BLOKSBERG.

Pourquoi pas des conseils? ma chute dans l'escalier m'a rendu
grave, et j'ai peur que la percussion du crâne n'ait développé
tout à coup sur ma tête la bosse folle de la raison... (*En montrant
Coster qui est sur le devant à droite.*) En voici la preuve... je
vous présente un savant illustre dont le cerveau est un arsenal
de merveilles ; il a fait, ces jours-ci, une découverte qui va changer la face du monde.

L'ARCHIDUC.

Mais le monde est bien comme il est...

DE BLOKSBERG.

Finances à part !..

L'ARCHIDUC.

Finances à part ! et qu'a-t-il découvert ton savant?

DE BLOKSBERG.

Que votre altesse l'interroge elle-même.

L'ARCHIDUC.

Soit. (*A Coster.*) Voyons, monsieur le savant, approchez, parlez, expliquez-vous !

COSTER, *s'approchant.*

Monseigneur, il y a un fléau qui désole le monde, c'est l'ignorance ; les hommes naissent, vivent et meurent sans avoir rien appris. Il faut que la lumière de l'intelligence luise pour tout le monde, il faut que chacun puisse s'abreuver à ce fleuve du savoir, dont la source est au ciel. Dieu se sert quelquefois du plus indigne pour ses desseins, et c'est à lui que je dois ma découverte : ainsi, cherchez l'inventeur là-haut, et ne regardez pas l'instrument. Altesse, donnez-moi le manuscrit d'un sage, d'un penseur, d'un poëte, d'un historien, et grâces au levier qui est en mon pouvoir, je distribue ce livre à des millions de mains; je fais rayonner ces pages sur le globe, comme le soleil la lumière; je prends une à une toutes les lettres écrites, et je les grave sur un papier fragile qui, à force d'être multiplié, devient éternel, comme l'airain, et défie l'incendiaire et le ravageur, la torche d'Omar et l'épée d'Attila.

L'ARCHIDUC, *après une pantomime avec de Bloksberg.*

Je crois comprendre votre idée...

COSTER. -

Ah ! monseigneur !

L'ARCHIDUC.

Attendez, on m'en a dit déjà quelques mots; il paraît que votre invention se borne à marquer avec du plomb ce qu'on traçait avec une plume auparavant... Eh bien ! mon ami, vous ne ferez pas fortune avec votre découverte... le monde restera comme il est, croyez-moi, je le connais. Mais puisque vous êtes un de ces hommes qui cherchent ce qui est absent, pourquoi ne vous êtes-vous pas occupé d'alchimie !... Je veux fonder une académie d'alchimistes... j'aime beaucoup l'alchimie ! Allons, faites-nous de l'or, et non des livres. Je suis peu disposé à écouter des faiseurs d'invention... lorsqu'ils ne m'inventent pas de l'argent.

DE BLOKSBERG, *vivement.*

Monseigneur, votre détresse vous arrive par la faute de votre trésorier : un trésorier qui n'a pas toujours un trésor sous la main, est un imbécile et doit être cassé. Prenez celui que je vous offre, c'est mon ami Laurent Coster, vos finances seront rétablies en un instant.

COSTER.

Mais, monseigneur... (*En ce moment les trois compagnons paraissent à droite.*)

DE BLOKSBERG, *prenant une petite planche que lui remet Guttemberg.*

Attendez, Monseigneur... voici les trois ouvriers du comte Laurent Coster... hâtez-vous de m'apporter les exemplaires que je vous ai fait tirer ce matin, sur cette planche gravée... (*Les trois compagnons sortent.*)

COSTER.

Que signifie...

L'ARCHIDUC, *se levant.*

Eh quoi ! ce morceau de bois...

DE BLOKSBERG, *avec éclat, lui remettant la planche.*

Ce morceau de bois, grande altesse, chef-d'œuvre de l'art de mon ami ; c'est moi qui l'ai gravé ! (*A Coster.*) Tu es déjà contrefait... (*Haut.*) Ce morceau de bois, c'est le trésor de tous ; c'est la richesse du monde : c'est le Pactole... (*Mouvement de l'Archiduc.*) en bois de poirier ; c'est la mine de Thulé ou d'Ophir ; c'est la pierre philosophale, c'est l'infini !

L'ARCHIDUC, *lui remettant la planche et passant à droite, aux seigneurs.*

Dieu le veuille, et mon rêve d'ambition se réaliserait demain ; car au fond, j'ai toujours rêvé la grandeur et la prospérité de ma bonne bonne Autriche ; j'ai même composé à ce sujet une maxime latine dont chaque mot commence par une des cinq voyelles.

DE BLOKSBERG, *s'asseyant à la place de l'Archiduc.*

Ah ! voyons ce tour de force archiducal.

L'ARCHIDUC.

Austriæ est imperare orbi universo.

DE BLOKSBERG.

Comme notre ministre des belles-lettres ne sait pas le latin, je vais traduire ! L'Autriche doit commander à l'univers. (*A part.*) Tous les souverains du monde en disent autant de leur empire.

(*Il se lève.*) En attendant, voici la fortune de l'Allemagne qu'on nous apporte... (*Guttemberg entre avec un coffret qu'il dépose sur une table que des Pages viennent de mettre au milieu du théâtre.*)

GUTTEMBERG.

Puissiez-vous dire vrai, monseigneur! (*Il sort.*)

DE BLOKSBERG, *ouvrant le coffret et prenant une quantité de billets qu'il remet à l'Archiduc qui a repris sa place.*

Voilà des ducats de papier... dix ducats!... vingt ducats!... trente!... quarante!... cinquante!... cent ducats!... deux cents!... trois cents!... quatre cents!... cinq cents ducats!... mille ducats!... des milliards de millions de ducats!... Il n'y manque rien... moi, je demande la place de directeur de la banque archiducale et des archiducats!

L'ARCHIDUC.

La banque de ce nouveau système monétaire... accordé! (*Bruit au dehors.*)

BLOKSBERG.

Songeons au plus pressé. . payons les troupes, d'abord. (*A un seigneur.*) Ministre de la guerre, allez payer vos troupes qui murmurent... (*Il lui remet des billets, le Ministre sort.*) Elles ne murmureront plus. (*A d'autres qui sont près de la table.*) Messieurs les ministres, voici vos appointements arriérés... Eh bien! vous hésitez à les prendre!... c'est de l'or en barre... tenez, en voici la preuve, je me paye à moi-même mes appointements de chambellan et de fou, et je me donne un reçu. (*Il met plusieurs billets dans sa poche et signe un papier qu'il serre aussi. — On entend un grand bruit au dehors, il ouvre la fenêtre.*) Janissaires à jeun, vous dînerez aujourd'hui. Voici des ducats de papier revêtus de l'auguste sceau de l'archiduc! Partagez-vous ces lingots! Achetez tous les vins du Rhin des marchands de Bernstrasse, et buvez-le à la gloire de l'archiduc et de mon ami Laurent Coster! (*Hourrah au dehors. — Revenant sur le devant.*) Mon allocution a produit le meilleur effet... tous les ventres affamés ont des oreilles! (*A l'Archiduc.*)

Ainsi, vous le voyez, mon art sauve l'Autriche !
Ordonnez qu'aujourd'hui tout Allemand soit riche.
Aux hommes de cour.
Et vous, hommes de cour, vous avez en vos mains
L'or qui conduit à tout : il sable les chemins,
Courbe les monts, impose à l'océan des digues ;
Puisqu'il ne vous a rien coûté, soyez prodigues:

2.

Ne le ménagez pas votre or ; à tout moment
Achetez à grand prix quelque vice charmant ;
Satan vous a donné sept vertus capitales !
Empruntez du harem les mœurs orientales ;
De chaque volupté faites-vous un loisir ;
Avec de l'or on a l'embarras de choisir,
Voilà tout. Messeigneurs, payez avec largesse
Les doux plaisirs proscrits par la folle sagesse !
Tout doit être acheté, puisque tout est vendu,
Un ducat dans la poche est un plaisir perdu.

COSTER, *s'avançant, bas.*

Comte de Bloksberg, c'est une action infâme que vous m'avez
fait commettre ! vous allez flétrir ma découverte et mon nom !

DE BLOKSBERG.

Homme de peu d'intelligence, taisez-vous ! savez-vous ce que
nous fondons en ce moment ?

COSTER.

La ruine de l'Allemagne et la mienne.

DE BLOKSBERG.

Nous fondons une chose immense et qui se nommera le crédit ! le monde n'a plus besoin d'argent et d'or ; le premier des
métaux c'est le papier. (*On entend crier Vive l'Archiduc !*)

L'ARCHIDUC, *quittant la fenêtre d'où il regardait dans la place.*

Comte Laurent Coster, l'archiduc d'Autriche vous remercie,
vous êtes un puissant magicien.

COSTER.

Moi, monseigneur !...

L'ARCHIDUC.

Oh ! ne vous défendez pas ; l'Allemagne, d'ailleurs, ne s'est
jamais sauvée que par la magie, et je fais le plus grand cas de
cette science.

COSTER.

Monseigneur, je vous proteste...

L'ARCHIDUC.

Ne protestez pas... je sais que les magiciens ont la pudeur
de leur art, et veulent cacher leur génie pour produire plus
d'effet.

DE BLOKSBERG, *bas à Coster.*

Allons, puisque Son Altesse le veut, te voilà forcé d'être magicien... c'est un état comme un autre à la cour de l'archiduc.
(*A l'Archiduc.*) Votre sagacité a pénétré à fond le talent de mon
ami. Aucun prodige ne lui coûte.

L'ARCHIDUC.

Je le fais chevalier de mes ordres, et lui alloue une pension annuelle de six mille ducats.

DE BLOKSBERG, *à part.*

De papier!... (*A Coster.*) Notre association continue à prospérer.

L'ARCHIDUC, *aux seigneurs.*

J'imite en cela l'empereur d'Allemagne qui a daigné accorder la même récompense à Paul Faustus, celui qui évoqua devant toute la cour les fantômes d'Alexandre, de César et de Périclès!

DE BLOKSBERG.

Oh! celui-là vous évoquera tout ce que vous voudrez; c'est le grand évocateur par excellence!

COSTER.

Ne le croyez pas, monseigneur!

DE BLOKSBERG.

Laissez-le dire, il s'acharne dans sa modestie, cette vertu-là est son seul défaut. Je l'en corrigerai.

L'ARCHIDUC, *à de Bloksberg.*

Et tu prétends que si je l'ordonnais...

DE BLOKSBERG.

Il mettrait les ombres du Styx à votre disposition.

L'ARCHIDUC.

Quelle gloire pour moi si je luttais de pouvoir magique avec l'empereur d'Allemagne!

DE BLOKSBERG.

L'empereur a vu Périclès... une idée!...

L'ARCHIDUC.

Laquelle?

DE BLOKSBERG.

Demandez au comte de Bredenrode... de vous faire apparaître Aspasie!

COSTER, *à part.*

Aspasie!

DE BLOKSBERG, *à Coster.*

Je t'avais promis de te la montrer... je tiens toujours ma parole...

COSTER, *surpris, regarde de Bloksberg.*

Quel est donc cet homme?

L'ARCHIDUC, *à lui-même.*

Aspasie, c'était, dit-on, la plus belle femme de son temps.

DE BLOKSBERG,

Un mot, et vous allez la voir paraître... Coster, toujours modeste, daigne faire rejaillir sur moi une partie de sa gloire et vient de me dicter la formule magique de l'évocation.

L'ARCHIDUC.

Si vous faites cela, comte Laurent Coster, je vous donne le plus beau des apanages du Rhin.

DE BLOKSBERG, *à Coster.*

Tout le domaine sera pour toi... voilà comment je partage! (*A l'Archiduc.*) Il accepte! (*Mouvement général.*)

L'ARCHIDUC, *à ses courtisans.*

Vous l'entendez, messieurs; s'il s'en trouve qui aient des scrupules, ils peuvent se retirer. (*Personne ne bouge.*)

DE BLOKSBERG.

Comment auraient-ils peur d'un si mince miracle... lorsque le règne de votre Altessse n'est qu'une suite de prodiges! (*Aux seigneurs.*) Nous restons, n'est-ce pas?

TOUS.

Oui, oui, sans doute!

L'ARCHIDUC.

En ce cas, nous sommes prêts.

DE BLOKSBERG, *regardant la porte, tout le monde se range à gauche, Coster est sur le devant à droite.*

Triomphe de ta mort, immortelle Aspasie!
Quitte le blanc suaire où dorment tes attraits,
Toi que tous les sculpteurs pour Vénus ont choisie,
Sors du sépulcre sombre et devant nous parais!

Un bruit terrible se fait entendre. Une obscurité profonde voile la scène, les portes du caveau s'ouvrent avec violence et Aspasie paraît. Mouvement général de surprise.

SCÈNE III.

LES MÊMES, ASPASIE.

DE BLOKSBERG, *passant à droite, à Coster.*

Regarde!

COSTER.

O vision!

ASPASIE, *à l'Archiduc.*

Pourquoi troubler ma cendre?

J'ai connu Périclès, Phidias, Alexandre,
Tous les hommes divins ont subi mon pouvoir,
Et crois-moi, je n'avais nul souci de te voir.
O prince ! qu'as-tu fait du globe qui n'indique
En tes débiles mains qu'un mensonge héraldique?
De ton Danube au Nil, de l'Ebre aux Apennins,
Je cherche des géants et ne vois que des nains !
Quels fruits vous ont donné nos œuvres immortelles?
Aspasie est ici, montre-moi Praxitèles!.
Dans les contemporains cite un illustre nom,
Conduis-moi chez Sophocle ou vers ton Parthénon.
Le génie est absent de la terre où vous êtes !
Où sont-ils vos sculpteurs, vos peintres, vos poëtes,
Vous faites tous si peu de bruit qu'en écoutant,
Nous croyons que le sol n'a plus un habitant.
Cesse donc d'évoquer les spectres des lieux sombres,
Ton soleil est moins beau que la nuit de mes ombres ;
Et l'homme d'aujourd'hui, tel que je le revois
Dans ta cour, ne vaut pas la femme d'autrefois.

COSTER.

Oui, c'est bien la beauté que mon rêve a choisie,
L'idole de mon âme! oui, c'est elle, Aspasie !

La fixant.

Non ! ce sont des attraits évoqués par Satan !
Ne la regardons plus...

Avec force en passant à droite.
Va-t'en! va-t'en ! va-t'en!
Le fantôme disparaît, le jour revient.

Disparue! ô prodige !

L'ARCHIDUC, à *Coster.*
Ah ! je vous remercie,

Coster, vous êtes roi dans la nécromancie ;
Restez dans ce palais. Je vous garde à ma cour.
Votre gloire, Coster, date de ce grand jour.

*Il sort avec sa suite en regardant Coster et l'endroit par où est
sorti le fantôme.*

SCÈNE IV.

DE BLOKSBERG, COSTER.

COSTER.

Prince, garde tes dons et ta grâce fatale !
Je fuis ; je veux rentrer dans ma ville natale ;

Une voix de là-haut me parle, j'obéis !
Ma gloire, c'est mon art, ma femme et mon pays.

Il va pour sortir.

DE BLOKSBERG.

Alors, dépose ici tes rêves du jeune âge,
Suis ta femme, Coster, rentre dans ton ménage,
Et si de tous les tiens tu veux être chéri,
Sois bon fils, bon bourgeois, bon père, bon mari,
Comme dit l'épitaphe, immense circulaire,
Qu'on lit sous les cyprès en style tumulaire,
Et qui prouve ceci, par des calculs savants,
Tous les hommes sont bons excepté les vivants !
Ainsi je te renvoie à tes soins de famille !
Va faire ton ménage et va bercer ta fille.
N'aime qu'une Aspasie en bois, en parchemin,
Simulacre banal façonné par ta main ;
Ne trouble point la paix du pays où nous sommes.
Va, tu n'es pas du bois dont on fait les grands hommes.
Parmi de plus vaillants, de plus fiers, je saurai
Choisir un compagnon ! Pars.

COSTER, *lui prenant la main.*

Non ! je te suivrai !

QUATRIÈME TABLEAU.

Chez le comte de Bloksberg. — Un cabinet d'alchimiste. A gauche, au premier plan, une grande cheminée gothique avec un grand feu. Du même côté, une entrée par une galerie. — A droite, deux portes ; un peu au-dessus, vers le deuxième plan, une bibliothèque. — Au bas de cette bibliothèque, une table chargée de livres.

SCÈNE PREMIÈRE.

COSTER, ASTARTÉ; *ils entrent de gauche.*

COSTER, *à lui-même suivant, le Page.*

J'ai laissé ma femme tremblante au seuil de ce manoir. (*Au Page.*) Où me mènes-tu, page ?

ASTARTÉ.

Digne seigneur, mon maître, en partant pour la chasse... m'a dit : Il doit se présenter ici ce matin au château de Bloksberg un noble étranger venant d'Aix-la-Chapelle... En attendant le retour du comte, je suis chargé de vous montrer toutes les merveilles de sa châtellenie... et nous commençons par la salle d'armes...

COSTER, *regardant autour de lui.*

La salle d'armes? Où sont les armes, les trophées?

ASTARTÉ.

C'est vrai; vous ne voyez ici ni cuirasses damasquinées, ni cottes de mailles de Milan. Ces cornues... ces alambics, tout cet arsenal, honnête bourgeois de Harlem, n'est pas celui de la guerre, mais il n'en donne pas moins de puissance à la main qui s'en sert.

COSTER.

En effet, tout ce qui m'entoure ici me révèle des forces inconnues et pourtant naturelles que mon ignorance ne soupçonnait pas! Être aussi savant que cet homme, et prendre à la cour un masque de bouffon!.. (*A part.*) Qui donc est cet homme? quel mystère l'entoure? et comment ai-je pu, malgré les prières de Catherine, venir le rejoindre dans cette sombre solitude!..

ASTARTÉ.

C'est un grand chasseur que le comte de Bloksberg, quand il va par les taillis et les halliers; mais il pousse aussi quelquefois sa chasse ardente jusque dans les bourgades et dans les villes... L'homme est le gibier qu'il préfère!

COSTER.

Que dis-tu?

ASTARTÉ.

C'est un grand chasseur devant les hommes que le comte de Bloksberg! (*On entend une fanfare infernale.*)

COSTER.

Quelle fanfare! ces voûtes en sont ébranlées! Où suis-je?

ASTARTÉ.

Chez un bon suzerain qui se plaît à retenir ses hôtes... et qui offre à tout venant une place à son foyer.

COSTER.

C'est étrange! ce feu me glace!

ASTARTÉ.

C'est le vent du nord qui descend par cette cheminée et qui passe sur ce feu sans se réchauffer... Remettez-vous, monsieur le Flamand ! oh ! vous n'êtes pas le premier voyageur que mon maître ait hébergé dans cette demeure hospitalière. (*Indiquant la bibliothèque.*) Tenez, regardez, les noms de vos devanciers sont ici gravés sur ces nombreux manuscrits !

COSTER, *lisant.*

Albert !.. Avicennes !.. (*Prenant un des livres sur la table.*) Averroës !..

ASTARTÉ, *sans se détourner.*

Paracelse, Apollonius de Thyane, Archimède, Dédale et jusqu'à Prométhée ! C'est-à-dire tous les grands génies dont les œuvres sont perdues.

COSTER.

Mais moi, je retirerai de leurs boisseaux toutes ces lumières, et j'en illuminerai le monde... Ces figures hermétiques tracées à la plume, je les graverai sur le bois qui les rendra aux hommes par milliers !..

ASTARTÉ, *s'approchant de lui.*

Eh bien ! je ne vous conseille pas d'en faire la proposition au comte de Bloksberg. (*Catherine entre effrayée de gauche ; Astarté disparaît à droite.*)

SCÈNE II.

CATHERINE, COSTER.

CATHERINE.

Ah ! te voilà, Coster !

COSTER, *remettant le livre sur la table et allant à Catherine.*

Catherine ue t'est-il arrivé... tu es pâle et tremblante !

CATHERINE.

Oui, j'ai surmonté ma crainte ; j'ai franchi le portail... j'ai pénétré dans ce château... je t'ai appelé en vain... personne n'a répondu à ma voix... et je me suis égarée dans une suite de salles immenses dont les portes s'ouvraient d'elles-mêmes devant moi... je n'ai vu personne.

COSTER.

Personne ! mais demande donc à ce page ?

CATHERINE.

Quel page ?

COSTER.

Disparu !...

CATHERINE.

Tu vois bien. Je te dis que dans cette maison le sol tremble
sous les pieds ! Je te dis qu'on entend des murmures et des bruis-
sements qui ne sont pas de la terre... Tu ne sais pas, pendant
que je t'attendais, je rappelais mes souvenirs... je répétais ce
nom de Bloksberg... et je me souvenais des récits de mon en-
fance, des contes de la veillée... c'est vers la montagne de Bloksberg, disait-on, que se tenait le sabbat !

COSTER, *souriant.*

Pauvre femme !.. elle est là toute frissonnante ! Écoute, Catherine... avec ma découverte, je devais tôt ou tard arriver à une
haute position... Et quoi d'étonnant que je sois l'ami et le protégé du seigneur de Bloksberg ? et si les richesses nous arrivent,
ne t'en effraye pas ; il est si facile de s'en débarrasser.

CATHERINE, *avec calme.*

Oh ! comme je voudrais revoir ma petite maison de Harlem...
Notre joli jardin si calme et que je tenais si propre qu'on aurait
dit qu'il était peint. Comme il doit être triste sans moi... sans
nous. Il me semble que je ne le reverrai plus !

COSTER.

Allons, mon amie, reprends ce bon et calme sourire qui te
sied si bien. (*Fanfares éloignées qui se rapprochent.*)

CATHERINE.

Ce cor, je l'ai entendu tout à l'heure...

COSTER.

C'est la chasse de Bloksberg qui se rapproche... Ne tremble
donc pas ainsi, Catherine... tu vas le voir... il vient... le voilà !

CATHERINE.

Cet homme m'est odieux !

SCÈNE III.

LES MÊMES, BLOKSBERG, *entrant de droite.*

BLOKSBERG.

Vous aurais-je fait attendre ?.. j'arrive !.. je n'ai pris que le
temps de passer un costume de maison... (*Apercevant Catherine.*) Ah ! ah ! bon père, bon époux. Tout en me suivant, vous
avez suivi mes conseils. Allons, c'est bien ! (*Saluant Catherine.*)
Madame Coster, considérez cette demeure comme la vôtre. Il y
aura bien ici quelque chambre à vous donner.

CATHERINE.

Oh! de vos chambres je n'en veux pas, les portes s'ouvrent toutes seules.

DE BLOKSBERG, *ouvrant la porte du premier plan à droite.*

Madame, en voici une que j'ouvre moi-même, et qui donne dans un oratoire que je mets à votre disposition. (*A part.*) L'oratoire est un peu dégarni, mais... (*Haut.*) A propos, vous savez que je ne suis pas dangereux; je suis marié aussi. — Hélas, oui! je partage vos faiblesses vertueuses, honnête Coster, et même, je dois vous le dire, ma femme arrive, ce matin, à notre château de Bloksberg, — et je l'attends.

CATHERINE.

Une grande dame, sans doute?...

DE BLOKSBERG.

Mais oui, assez grande dame; par exemple, tenez... elle donnerait tout ce qu'elle n'a pas pour être veuve, mais elle est très-jalouse de mon vivant. — C'est une Allemande à passion concentrée... un volcan sous cloche. — Je la crois fidèle au fond, quoique très-harcelée d'adorateurs. — Je paye quatre pages qui la surveillent nuit et jour; mais les drôles prennent mon argent et font la cour à ma femme, ce qui devient intolérable au dernier point; aussi, pour être plus tranquille, je vais loger ma femme chez moi, ou pour mieux dire chez nous! car nos deux ménages n'en feront qu'un; nous vivrons tous les quatre, en bon accord, n'est-ce pas?... Ma femme et la vôtre, Coster, feront de la tapisserie, comme deux Pénélopes, et nous, nous travaillerons au bonheur du genre humain et allemand!

COSTER.

Ces projets sont très-beaux.

CATHERINE, *à Coster.*

Mais je ne veux pas connaître cette femme! — Que dirais-je à une femme de la cour, moi qui ne sais rien?...

COSTER.

Tu la laisseras parler.

DE BLOKSBERG.

Eh! tenez je vous l'annonce! je l'entends! je reconnais son pas. — Aucune femme vivante ne marche comme elle... (*Elle paraît à droite au deuxième plan. — Sa main rencontre celle d'Aspasie.*) Je vous présente ma femme, la comtesse Aspasie de Bloksberg!

SCÈNE IV.

LES MÊMES, ASPASIE.

COSTER.

Grand Dieu! le portrait, l'apparition... Oh! ceci tue ma raison! (*Haut, allant au Comte.*) Comte de Bloksberg, m'expliquerez-vous?...

DE BLOKSBERG.

Ah! oui, je comprends, je devine!—Le fantôme d'hier, n'est-ce pas? — Votre étonnement est fort naturel!... Mais je vais vous dire. Les souverains, vous le savez, ont des caprices d'enfant, le nôtre surtout; et nous, qui sommes des hommes, nous devons satisfaire tous leurs caprices pour être un peu plus souverains qu'eux. Si bien que ma femme, inconnue à la cour, et arrivant de pays éloignés, a bien voulu se prêter à notre petite comédie; et vous l'avez vu, elle a parfaitement rempli son rôle de fantôme, c'était à jurer qu'elle avait joué les morts toute sa vie.

COSTER, *à part.*

Dois-je le croire?...

DE BLOKSBERG.

Ma femme, je vous présente le comte Laurent Coster, qui a du reste un amour d'artiste pour tout ce qui porte le doux nom d'Aspasie! (*A Aspasie.*) A propos, comtesse, vous qui êtes curieuse de vieux parchemins, je veux vous en montrer un dont ma bibliothèque vient de s'enrichir. (*Bas et terrible.*) J'ai un ordre à te donner, obéis! (*Il remonte avec elle.*)

CATHERINE *à* Coster, *l'attirant à droite.*

Mon ami, tout ceci me glace d'effroi!

COSTER, *embarrassé.*

Mais tout ceci est fort naturel. — C'est un mari qui reçoit sa femme.

CATHERINE.

Une femme!... cela?... C'est une statue qui marche. — Je manque d'air ici; viens, mon ami; allons-nous-en, partons, j'ai besoin de revoir ma fille... j'ai besoin de voir un ange!

COSTER, *regardant toujours Aspasie.*

Catherine, laisse-moi.

CATHERINE, *insistant.*

Mon ami!...

COSTER.

Laisse-moi, te dis-je !

CATHERINE.

Viens !...

COSTER.

Non !

CATHERINE, *frappée du ton de Coster*.

Coster ! je crois que l'heure est venue de prier pour toi. — Il y a là un oratoire, a-t-il dit ; eh bien, j'y vais, moi... et puisque tu veux rester ici, toi, je serai là... je prierai !... (*Elle sort par la porte, premier plan à droite. — La nuit vient peu à peu.*)

SCÈNE V.

DE BLOKSBERG, ASPASIE, COSTER, *puis* ASTARTÉ, *ensuite* CATHERINE.

DE BLOKSBERG.

Eh bien ! et madame Coster ?

COSTER.

Pardon, monsieur le comte ; excusez une pauvre Flamande qui n'est pas habituée aux usages de la cour.

DE BLOKSBERG, *s'asseyant près du feu*.

Agissez sans cérémonie, mon cher comte ; voyez ! je m'installe à côté de cette vaste cheminée, le feu me réjouit la vue, c'est mon élément de prédilection. (*Il bâille.*) Ah ! quand on a passé toute une journée comme celle d'hier avec Son Altesse et ses augustes conseillers, cela vous laisse une somnolence incurable ; j'aurai pendant quinze jours ce conseil de ministres sur les paupières. — Allez... causez, comte Coster, je vous écoute. — Je vous préviens que ma femme a un esprit d'enfer... ainsi, tenez-vous bien.

COSTER, *avec effroi, à part*.

Et Catherine ! Catherine !... elle n'est plus là... mon bon ange est parti !... Ô mon Dieu !... veillez sur ma raison.

ASPASIE, *qui est passée à droite sur le devant*.

Comte Laurent Coster... approchez donc...

COSTER.

Vivante !

Réelle... et devant moi !... plus rien ne m'épouvante.
Marchons donc jusqu'au bout sur ce sombre chemin,
Quel que soit le pouvoir qui me tienne en sa main !

ASPASIE.

Ne m'entendez-vous pas !

COSTER.

Oh ! madame !

ASPASIE.

Vous êtes
Un de ces hommes d'art qu'on nomme des poètes,
Et vous me comprendrez sans doute beaucoup mieux
Que le premier venu...Voici devant nos yeux
Un homme, un diplomate, un courtisan très-riche,
Autrefois le fléau du beau sexe d'Autriche ;
Séducteur en retraite, amoureux en naissant,
Et qui, m'ayant un jour épousée en passant,
Me néglige, j'en ai la preuve trop certaine,
Sous prétexte qu'il a passé la quarantaine,
Et qu'après deux longs ans de mariage, on doit
Vivre dans le divorce et sous le même toit.

COSTER.

Quoi ! vous êtes si belle et pourtant délaissée !
Moi, madame, avec vous a vécu ma pensée.
Déjà depuis longtemps, mes rêves, mes travaux,
Partout vous retrouvaient sous des attraits nouveaux.
Inconnue et présente à mon âme ravie,
Telle que je vous vois, vous habitiez ma vie !

ASPASIE, *étonnée.*

Que dites-vous ? j'avais sur vous tant de pouvoir ?
De l'admiration même avant de me voir !

COSTER.

Oh ! dites de l'amour !

ASPASIE, *avec un sourire d'incrédulité.*

Si j'en voulais la preuve,
Ce propos céderait à la première épreuve !

COSTER, *à part.*

Quel regard !...

ASPASIE.

Oh ! plus d'un avant vous s'est enfui
A la preuve d'amour que j'exigeais de lui !...

COSTER, *à part.*

Que peut-elle vouloir ?

ASPASIE.

Vous vous taisez !

COSTER.

                              Madame !
Je ne sais quel effroi s'empare de mon âme !»
Que voulez-vous? parlez ! cette heure, cette nuit,
Ces voûtes et ces murs, ce feu sombre qui luit,
Cet homme-là, qui dort ! oh ! tout ici m'enlace
Dans un réseau d'horreur, de délire et d'audace !
Prenez garde ! je tiens tout ce que je promets !

ASPASIE.

Eh bien !

A part.

    Non ! je ne puis ! je ne pourrai jamais !...
  Passant devant Coster et allant à Bloksberg.
Mais, viens donc à mon aide !

        DE BLOKSBERG, *se réveillant.*

                      Ah ! je dormais, je gage.
Aspasie, à propos, sonnez donc votre page,
Qu'il me verse le vin que je bois tous les soirs,
Et qui, de mon cerveau, chasse les rêves noirs.

*Aspasie remonte vers le fond à gauche; Astarté paraît avec un
        plateau garni et lui verse à boire.*

Le sommeil est bien doux, l'hiver devant la flamme...
Oh ! que j'aime le feu ! (*Le feu petille.*) Je bois à vous, madame !
Allons ! comte Coster, l'ami de la maison !
Prenez donc une coupe et faites-nous raison.

*Astarté va présenter une coupe à Coster qui la prend et boit, puis
        revient près de Bloksberg.*

Mon beau page Astarté, bien, je te remercie,
Et je n'ai pas besoin de ta diplomatie...
Va-t'en... (*Il le congédie et reprend son attitude de dormeur.*)

        COSTER, *comme en délire.*

    Dieu ! Qu'ai-je bu?... Quel trouble je ressens !
Cette coupe a versé l'incendie en mes sens...

                      Il jette sa coupe.
La lave d'un volcan me brûle... Elle m'enflamme
Comme une voix d'enfer !... Démon, fantôme ou femme !
Parle : qui donc es-tu? Qui donc est-il? réponds !
Je sens frémir sous moi les abîmes profonds;
Ces voiles de la nuit que ma raison redoute,
Je veux les déchirer !...

        ASPASIE.

    Qui nous sommes? — Écoute !

Jamais tu n'as connu, tu n'as jamais appris
Ces mystères, enfants des ténébreux esprits.
J'allais mourir, mourir à vingt ans, lorsqu'une ombre
Se leva devant moi, dans mon alcôve sombre,
Et murmura ces mots : « Cette femme vivra ! »
Dans mon âme l'espoir comme un éclair entra,
J'étendis une main froide vers ce fantôme :
La lumière du jour parut ; je vis cet homme,
Debout, près de mon lit de mort, me regardant
Avec des yeux rougis par un tison ardent.
A voix basse, on disait avec un grand mystère,
Que cet homme venu des confins de la terre,
Apportait avec lui des secrets inouïs,
En pays inconnus par l'Arabe enfouis.
Il avait, disait-on, l'art d'arrêter la vie
Sur la lèvre, au moment où Dieu vous l'a ravie...
Et, quand le dernier souffle a blanchi notre teint,
De rallumer le sang sur un foyer éteint.
Il s'inclina sur moi... le frisson d'épouvante
Courut dans mes cheveux. Relève-toi vivante !
Murmura-t-il tout bas, mes destins sont les tiens,
Et tu seras à nous, femme, tu m'appartiens ! —
Dès ce moment, esclave à cet homme enchaînée,
Je maudis chaque jour le jour où je suis née ;
Chaque jour je maudis ce miracle si beau
Qui prolongea ma mort en fermant mon tombeau !

COSTER.

Quel horrible secret ! le froid de l'agonie
Me glace !

ASPASIE.

   Attends, Coster ; l'œuvre n'est pas finie,
Cet homme détruit tout... Quiconque vient à lui
Ne s'en retourne plus ; son dernier jour a lui ;
Il se plaît à flétrir les grandes destinées,
A les mettre au tombeau le jour qu'elles sont nées ;
Toi, le grand inventeur par le monde attendu,
Prends le deuil de ton art, ton secret est perdu.
Coster, il faut qu'il meure !... et de ta main...

COSTER.

         Un crime !

Un crime affreux !... Jamais !

ASPASIE, *elle montre la bibliothèque où l'on voit les noms de plu-*
    sieurs poëtes en lettres de feu.

       Tu seras sa victime ;

Regarde, autour de toi, tous ces livres, et lis
Tous les noms; dans ces murs ils sont ensevelis.
Ce furent, comme toi, des inventeurs sublimes,
Comme toi de grands cœurs, comme toi des victimes.
Ils vinrent à cet homme, et rien ne restera
De leurs inventions, car il les dévora.
Épitaphes partout, voilà ce qu'on découvre
Sur ces vieux manuscrits, lorsque la main les ouvre.
C'est la tombe où s'éteint le feu du créateur,
Où dort l'invention auprès de l'inventeur.

COSTER.

Il voulait me guider...

ASPASIE.

A l'abîme!

COSTER.

Conduire

Et protéger mon œuvre!

ASPASIE.

Oui, pour mieux la détruire.

COSTER.

Laissez-moi fuir...

ASPASIE.

Il faut nous venger à l'instant,
Et sauver les travaux que l'univers attend.
Au milieu de ces morts tu vas prendre ta place.

COSTER, *en délire.*

Dieu! garde ma raison.

ASPASIE.

Frappe!

COSTER.

Mon sang se glace.

ASPASIE.

L'œuvre et son ouvrier vont périr!

Elle lui offre un poignard.

COSTER, *égaré.*

Donne!

ASPASIE.

Tiens!

*Coster, au comble du délire, s'exalte, cède à la main d'Aspasie
qui le presse et frappe de Bloksberg. — On entend comme un
coup de marteau sur une enclume de bronze. — Aspasie disparaît par la gauche.*

DE BLOKSBERG, *se retourne tranquillement.*

Tu te fais assassin !... Coster tu m'appartiens !

COSTER, *regardant autour de lui.*

Que vois-je?... Et cette femme!... ô prestige effroyable !

DE BLOKSBERG.

La femme par nature est complice du diable !
Sa lèvre est l'hameçon, ce bas monde est la mer,
Le démon tient la ligne et pêche pour l'enfer.
Souvent, en un seul jour, ma pêche est abondante
A remplir de damnés les sept enfers de Dante,
Mais j'eusse relâché Tibère ou bien Néron,
Pour te donner leur place aux bords de l'Achéron.

COSTER.

C'est bien lui ! c'est Satan, le roi fatal et sombre.

DE BLOKSBERG, *se levant.*

Ah ! tu fais la lumière au milieu de mon ombre !
Ah ! tu veux enlever à l'œil des nations
Le bandeau que j'impose aux générations !
Et tu n'attendais pas mes justes représailles !
Mais, je te livrerai de terribles batailles,
A ta chair, à ton âme, à toi, non moins qu'aux tiens,
Coster, je veux te perdre et déjà je te tiens.

CATHERINE, *sortant vivement de l'oratoire.*

Tu mens !

COSTER.

Ah ! te voilà, ma chère Catherine !

DE BLOKSBERG, *à Catherine, feignant la douleur.*

Le coup de son poignard est là sur ma poitrine ;
C'est un vil assassin !

Il tombe assis.

CATHERINE.

Tu mens, toi qui l'as dit !
L'archange saint Michel qui frappa le maudit,
Etait-ce un assassin ?... Dieu lui-même t'anime,
Coster ! ta vertu seule a pu faire un tel crime !
Viens, suis-moi, ne crains rien, Coster et tu vas voir
Que tu peux être libre ; il n'est aucun pouvoir
Qui puisse t'opposer sa fatale barrière,
Quand ma bouche est encor tiède de ma prière,
Et que Dieu même écoute encore en ce moment,
Le saint vœu que mon cœur envoie au firmament !

Elle entraîne Coster — Ils disparaissent.

SCÈNE VI.

DE BLOCKSBERG, *foudroyé, reste immobile et pensif.*

Quelle faute ! et c'est moi ! c'est moi qui l'ai commise !
Avec l'expérience, en six mille ans acquise !
Quelle faute !... Ah ! j'eus tort cette fois d'oublier
Ce proverbe connu du plus mince écolier,
« Mieux vaut tuer le diable... » Allons, dans mon génie
Cherchons... heureusement ma besace est garnie.

ACTE TROISIÈME.

—

CINQUIÈME TABLEAU.

(A Paris. L'atelier de Laurent Coster. — A droite une presse gothique, à gauche un compositeur. — Porte au fond donnant sur
la rue. Portes latérales.)

SCÈNE PREMIÈRE.

FAUST, *au compositeur,* GUTTEMBERG, *mettant l'encre aux
lettres,* SCHÆFFER, *imprimant.*

GUTTEMBERG.

Courage, compagnons ; repoussés de la Hollande et de l'Allemagne, nous sommes venus en France, et nous voici à Paris,
grâce à la protection de son éminence le cardinal de la Balue,
premier ministre de sa majesté Louis XI.

FAUST.

Un roi qui doit approuver l'invention glorieuse de l'imprimerie, car, ainsi que le dit le sieur de Comines, son chroniqueur :
« Le grand roi Louis XI n'est pas ignorant comme la plupart
» des princes, il aime les subtils esprits. »

GUTTEMBERG.

Aussi notre maître, l'illustre Laurent Coster, commence-t-il à
se montrer satisfait de son voyage à Paris. Les angelots abondent
dans son escarcelle, et, vous le dirai-je, camarades, notre maître

m'a fait parfois l'effet de n'avoir plus sa première ardeur. Aujourd'hui encore, il est le dernier à l'ouvrage.

SCHÆFFER.

Je m'en suis bien aperçu maintes fois. Ah ! Coster n'est pas comme nous autres, qui trouvons à peine un quart d'heure par jour... pour boire un verre de cervoise ou de bon vin d'Argenteuil à la taverne voisine.

FAUST.

Lui, au contraire, il passe des heures entières à rêver comme un amoureux de vingt ans.

GUTTEMBERG.

Ah ! oui, tous ces inventeurs, tous ces hommes de génie, ont malheureusement là, dans le front, une folle maîtresse... une femme qui n'existe pas, et qui se nomme imagination ; ils la poursuivent toute leur vie, ils sacrifient tout à ce rêve ; ils bâtissent pour lui de beaux châteaux en Espagne, et oublient leur maison et le travail. Aussi, savez-vous ce qui arrivera? et Dieu veuille que je me trompe!... Coster sera oublié dans l'avenir, comme créateur de l'imprimerie, et on ne se souviendra que des trois compagnons, Faust, Schæffer et Guttemberg, parce qu'ils auront été les trois seuls travailleurs.

SCHÆFFER.

En attendant, ce brave Coster s'est empressé d'avoir pignon sur rue, et il serait capable de nous ruiner tous et notre découverte, en riches habits et en ornements pour sa maison.

FAUST.

Quant à cela, dame Catherine, qui se connaît en commerce, dit que c'est un bon moyen d'attirer les clients, les Parisiens surtout ..

SCHÆFFER.

Et elle n'a peut-être pas tort. C'est même elle qui a choisi cette rue aux environs du Louvre.

GUTTEMBERG, *s'arrêtant de travailler.*

Une chose m'étonne, la voici : nous imprimons beaucoup d'évangiles, mais encore plus de livres de magie, comme si une puissance de nécromancien était toujours là pour favoriser la vente.

SCHÆFER.

Je l'ai remarqué aussi. Je suis souvent tenté de croire que le diable se mêle de notre œuvre.

FAUST, allant à eux.

Oui, c'est une vieille croyance en Allemagne, n'est-ce pas, le diable qui prend toutes les formes pour nuire aux gens, surtout aux hommes qui sortent de la ligne ordinaire. Si c'était le malin esprit qui s'acharne après Laurent Coster pour le détourner de la bonne voie.

GUTTEMBERG.

Quoi qu'il en soit, nous serons là. N'oublions jamais que nous avons commencé notre œuvre dans un caveau misérable à Harlem ; nous n'avions alors d'autres auxiliaires que la patience, le courage et le travail. Tâchons de garder à jamais ces trois soutiens et l'avenir est à nous. Ainsi donc, s'il arrive que Coster fléchisse, nous autres persévérons jusqu'au bout.

SCHÆFER et FAUST.

Nous le jurons, Guttemberg. (Ils se serrent la main.)

GUTTEMBERG.

Je compte sur vous, comptez toujours sur moi ; mais voici Coster et dame Catherine. (Coster entre avec Catherine.)

SCÈNE II.

LAURENT COSTER, CATHERINE, GUTTEMBERG, FAUST et
SCHÆFER.

COSTER.

Bonjour, compagnons.

GUTTEMBERG, lui donnant un sac.

Voici la recette de ce matin, maître.

COSTER.

Qu'avez-vous vendu ?

GUTTEMBERG.

Un grand nombre de livres relatifs aux sciences secrètes.

SCHÆFER.

Et je disais que le diable... (Coster fait un mouvement, Schæfer se reprend.) Je disais que le diable...

COSTER.

Tais-toi, Schæffer... L'ennemi du genre humain se montre toujours assez sans qu'on parle de lui. (Rendant son sac à Guttemberg.) Tenez, camarades, prenez cet argent et allez le distribuer aux pauvres élèves de la Sorbonne, où nous avons reçu un si bon accueil.

GUTTEMBERG.

Ce sera fait, maître.

COSTER.

C'est la meilleure manière de célébrer l'anniversaire de la naissance de ma fille Lucie.

GUTTEMBERG.

Allons voir nos jeunes clercs de l'Université. En voilà qui vous aiment... Si l'on vous persécutait, ils seraient capables de vous porter en triomphe. Allons, venez, compagnons. (*Guttemberg sort avec Faust et Schœffer.*)

SCÈNE III.

LAURENT COSTER, CATHERINE.

CATHERINE, *s'appuyant sur Coster.*

Tu aimes bien ta fille au moins, n'est-ce pas?

COSTER.

Folle !

CATHERINE.

Comme tu m'aimes ?

COSTER.

Jalouse !

CATHERINE.

Oui, je suis jalouse et surtout d'une rivale bien redoutable...

COSTER, *avec un sourire forcé.*

Ah ! veux-tu parler de cette femme qui ne fut qu'un prestige, un rêve... une apparition de minuit !

CATHERINE.

Ah ! oui, cette femme que tu appelles Aspasie ! et puis cet autre... ou plutôt... Tiens, ne parlons plus de ces choses mystérieuses, laissons-les dans les ténèbres, mieux vaut les oublier que de les approfondir... (*Reprenant d'un ton plus caressant.*) Non, mon éternel rêveur, ta pauvre Catherine te pardonne tes visions, mais elle se connaît une autre rivale dans ton cœur. Veux-tu que je te la nomme?

COSTER.

Oui.

CATHERINE.

C'est ta découverte.

COSTER.

L'imprimerie?

CATHERINE.

Oui, tu t'occupes de ton imprimerie bien plus que de moi.

COSTER.

Voilà bien les femmes!

CATHERINE.

Tu diras ce que tu voudras. Je maudis bien le jour où l'idée de devenir un grand homme t'a passé dans le cerveau. Nous voilà courant le monde comme des bohémiens. Est-ce que c'est digne de deux braves bourgeois de Harlem?

COSTER.

Cesse de te plaindre, Catherine ; tu vois que mon invention commence à rapporter de beaux écus sonnants. (*Il lui remet un petit sac d'argent.*)

CATHERINE.

Oui, c'est un fait, j'en conviens. J'ai même une idée à cet égard, je te la dirai tout à l'heure parce qu'il faut des ménagements pour l'y amener.

COSTER.

Il me tarde de la connaître, ton idée.

CATHERINE.

D'abord, dis-moi... est-ce que tu as grande confiance dans le protection du roi Louis XI?

COSTER.

Pourquoi?

CATHERINE.

C'est que je n'y ai pas confiance du tout, moi, et tu sais qu'il est des circonstances où mon bon sens et mon instinct de femme sont plus clairvoyants que ton génie... Pourquoi Dieu fit-il les rois? Pour le représenter lui-même qui est la vertu, et voici un roi qui la représente fort mal.

COSTER.

Qui t'a donc si bien informée, Catherine?

CATHERINE.

Oh! tout le monde, car c'est un historien que tout le monde.

Ce roi Louis XI, étant Dauphin, a fait la guerre à son père Charles VII, qui en est mort de chagrin.

COSTER.

En vérité, tu es bien instruite !

CATHERINE.

Tu vois bien que le genre humain pouvait se passer de l'imprimerie, et qu'au besoin, il suffit de la langue.

COSTER.

O femme ! tu devais trouver ce mot.

CATHERINE.

Et tu te fies à ce roi ?

COSTER.

Je me fierai du moins à son ministre le cardinal de la Balue. Son éminence a daigné m'attirer en France et me témoigner un intérêt particulier.

CATHERINE.

Et s'il tombe en disgrâce, ton cardinal ?

COSTER.

Comment?

CATHERINE.

On en parle déjà.

COSTER.

N'importe, j'ai trouvé un moyen de m'assurer la bienveillance de Louis XI lui-même.

CATHERINE.

Je ne sais pas quel est ton moyen, mais je sais qu'il y a beaucoup de gens qui t'en veulent, beaucoup de gens très-puissants, et que si tu faisais bien...

COSTER.

Bon... je crois que voilà l'idée de Catherine.

CATHERINE.

Eh bien, oui ! et si tu étais sage, maintenant que tu as gagné assez d'argent pour que nous vivions en paix, nous quitterions Paris pour nous en retourner à Harlem.

COSTER.

Enfin la voilà ton idée?

CATHERINE.

Est-elle donc bien mauvaise ?

COSTER.

Tais-toi, femme.

CATHERINE.

Je t'en prie... Oh ! mais je saurai bien t'y décider... je t'en parlerai du matin au soir...

COSTER, *tirant de sa poche un livre qu'il lui donne.*

Catherine... regarde !..

CATHERINE.

Oh ! un livre d'heures ! avec toutes les figures gravées et enluminées.

COSTER.

Par moi !

CATHERINE.

Vraiment ?

COSTER.

Oui, depuis un an j'y travaille sans te le dire, et je pensais à toi à chaque lettre que je posais, comme tu penseras à moi à chaque ligne que tu liras. Ceci, Catherine, c'est mon chef-d'œuvre, garde-le bien pour qu'un jour nous le léguions à notre fille... — Qui sait ! ce sera peut-être là tout son héritage...

CATHERINE.

Mais elle aura de quoi en être fière.

COSTER.

Tu trouves ?(*Elle l'embrasse.*) Tu vois donc bien, femme, que l'imprimerie est bonne à quelque chose. — Adieu, à bientôt, je vais travailler. (*Il va au compositeur et travaille.*)

CATHERINE, *en sortant.*

C'est singulier, dans toutes nos discussions je n'ai jamais tort, et c'est toujours lui qui a raison.

<h2 style="text-align:center">SCÈNE IV.</h2>

COSTER, *seul.*

Pauvre femme ! ah ! n'importe. C'est une lutte pénible. Et il est donc écrit-là haut que lorsqu'une idée féconde illumine un homme, l'obstacle qui en empêche l'accomplissement surgira partout, du ciel, du monde et de l'enfer. Eh ! oui, car enfin, si j'aimais bien ma femme, si j'aimais bien ma fille, je laisserais tout là, et je m'en irais vendre de la toile de Hollande à Harlem. — Après tout, que m'importe l'humanité... que peut-elle me donner en échange de ma vie tout entière? L'immortalité... la vie qui ne finit pas! (*On entend du bruit, des acclamations, il remonte vers le fond.*) Que se passe-t-il donc? Ah! ce sont des gens du peuple qui ont reconnu Louis XI sous ses simples habits... la foule crie : Noël! sur son passage... Ce roi n'est donc pas si odieux?... Il se plaît à parler avec les marchands... Je ne me trompe pas... il vient par-ici. (*Cris au dehors.*) Noël! Noël! (*On voit paraître au fond des bourgeois et des gens du peuple; puis Louis XI avec le diable sous la forme d'Olivier le Daim, et Tristan; ils sont suivis de deux pages, des gardes font disperser la foule.*)

SCÈNE V.

LAURENT COSTER, LOUIS XI, LE DIABLE *comme* **OLIVIER LE DAIM ; TRISTAN** *et les* **DEUX PAGES** *restent dehors, avec les gardes.*

COSTER, *s'inclinant.*

Vous chez moi, sire.

LOUIS XI.

Oui, maître Coster, je viens rendre visite à l'imagier de Harlem.

COSTER.

Sire, je ne m'attendais pas à votre présence, mais depuis longtemps je vous préparais une offrande respectueuse.

LOUIS XI.

Une offrande? et laquelle ?

COSTER.

Si votre majesté daigne attendre quelques instants, sa curiosité sera satisfaite, je l'espère, aussi bien que mon ambition.(*Il s'incline et rentre à gauche.*)

SCÈNE VI.

LOUIS XI, OLIVIER LE DAIM.

OLIVIER.

Je ne puis concevoir ce caprice soudain,
Sire...

LOUIS XI.

Eh bien! j'en suis là, maître Olivier le Daim.

OLIVIER.

Bah! vous voulez passer pour un roi populaire!...

LOUIS XI, *regardant autour de lui et examinant la presse.*
Invente un passe-temps qui puisse mieux me plaire ;
Mes faucons, à mes yeux ne sont plus amusants;
J'en suis réduit à voir danser mes paysans.
Comme j'aurais voulu régner sur notre France
Quatre cents ans plus tôt! Ah ! quelle différence!

OLIVIER.

Pourquoi sire ?

LOUIS XI.

Pourquoi?... C'est qu'alors mes aïeux
Pour alléger le poids de leur sceptre ennuyeux,
Allaient en Palestine, en tête d'une armée,
Exterminant les Turcs dans toute l'Idumée.
Que ne suis-je Louis le Gros ou le Hutin,
Louis le Débonnaire !

Il passe à droite.

OLIVIER.

Il était un peu brusque.

LOUIS XI.

Si j'étais saint Louis?

OLINIER, *faisant un mouvement.*

Ah !

LOUIS XI, *se retournant.*

Ce saint-là t'offusque !
Mais il avait des goûts qui seraient de mon choix,
Il faisait le bonhomme avec les villageois;
Et rendait la justice, assis au pied d'un chêne.
Tu m'y feras songer, à la Saint-Jean prochaine.

OLIVIER.

Sire, vous êtes donc rongé par vos ennuis ?

LOUIS XI, *s'asseyant.*

Tu dis vrai, j'ai des jours sombres comme des nuits.
Mais j'y pense, Olivier, qu'on surnomme le diable,
C'est de toi que me vient ce marasme effroyable.

OLIVIER.

De moi, sire ? Ah! pardon, vous me calomniez.

LOUIS XI.

Je m'amusais avant !

OLIVIER.

C'est ce que vous niez

Par ce visage sombre, où l'ennui s'éternise,
Car, voyez-vous, un roi rarement s'humanise,
Il ne peut prendre part à ces amusements
Qui des petits mortels charment tous les moments;
Or pour chasser l'ennui qui courbait votre tête,
Je vous ai fait commettre, avec quelque plaisir,
Des crimes innocents, délices du loisir.
Voulez-vous que je compte avec mes doigts, ô sire,
Ces joyeux passe-temps?

LOUIS XI.

Voyons, je le désire.

OLIVIER.

Premièrement, un jour, quand vous étiez Dauphin,
Voulant de votre père accélérer la fin,
Vous avez excité dans cette grande ville,
Par mes conseils, le feu de la guerre civile.
Une autre fois, l'ennui vous accablait si fort
Que je vins à propos vous sauver de la mort,
Et remis en vos mains une coupe charmante
Que but Agnès Sorel, cette royale amante.
Avez-vous oublié votre frère? il gênait
Votre succession, et vous importunait.
Quels ennuis! Et qu'un frère est lourd auprès d'un trône!
Comme il courbe le front que courbe une couronne!
Je vous dis un seul mot, bien clair; il vint s'asseoir
A table, auprès de vous; il était mort le soir!
Et d'Armagnac! songez à cette illustre fête!
Fête de l'échafaud! je fis tomber sa tête,
Et comme vous et moi nous fûmes triomphants
Lorsque le sang du père inonda ses enfants.

LOUIS XI, se levant, avec colère.

Assez!

OLIVIER.

Assez! mais, sire, il faut que ma défense
Soit bien complète après votre royale offense,
Car on dirait vraiment, sire, que j'ai perdu
Mon temps, et le respect qui toujours vous est dû.

LOUIS XI.

Alors, de mon ennui ne pouvant me défendre,
Je n'ai plus qu'un moyen, un seul, c'est de te pendre!

OLIVIER.

Me pendre?

LOUIS XI, *s'approchant de lui et riant.*

Oui, je rirai peut-être follement
En voyant ta grimace à ton dernier moment.

OLIVIER, *le fixant.*

Sire, vous oubliez que c'est moi qui vous rase !

LOUIS XI.

Olivier, mon ami ! (*A part.*) Que la foudre l'écrase !

SCÈNE VII.

LES MÊMES, LAURENT COSTER, CATHERINE.

COSTER, *tenant un livre.*

Viens, Catherine !... voici Sa Majesté le roi.

LOUIS XI.

Approchez, maître Coster. Quel livre m'apportez-vous là ?
Homère ?

COSTER.

Non, sire, c'est un livre encore plus précieux pour Votre
Majesté.

LOUIS XI.

C'est donc la Bible?

COSTER.

La Bible intéresse toute la chrétienté, mais il est certain livre
d'un intérêt plus particulier pour vous, sire.

LOUIS XI.

Quel est ce merveilleux ouvrage ?

COSTER, *présentant le livre ouvert.*

Que Votre Majesté y daigne jeter les yeux.

LOUIS XI.

Que vois-je ! Regarde, Olivier. (*Il lui remet le livre.*)

OLIVIER, *lisant.*

« Les Cent Nouvelles Nouvelles, dites les Nouvelles du roi
Louis XI !... »

CATHERINE, *à part, examinant Olivier.*

Quel est donc cet homme qui l'accompagne?

LOUIS XI.

Comment, maître Coster, vous vous êtes avisé d'imprimer ces
œuvres légères de mes loisirs! vous en avez tiré plusieurs exemplaires?

COSTER.

Beaucoup, sire.

LOUIS XI.

Une vingtaine?

COSTER.

Bien plus, sire.

LOUIS XI.

Une centaine... peut-être.

COSTER.

Non, sire, au moins trois mille.

LOUIS XI.

Trois mille!... Entends-tu, Olivier?

OLIVIER.

Parfaitement, sire ; voilà votre esprit en effigie, comme votre
figure sur les pièces de monnaie.

COSTER, *à part.*

Cette voix!...

LOUIS XI, *feuilletant le volume.*

C'est qu'il a pardieu raison, compère; ce sont bien mes Nouvelles, oui... Voilà la Médaille à l'envers, voilà la Pêche de l'an-
neau. (*Il rit.*) Le Duel d'aiguillettes, et l'Encens au diable.

OLIVIER, *faisant une révérence au Roi.*

Sire?

LOUIS XI.

Qu'est-ce que tu as?

OLIVIER.

Rien, sire, la satisfaction de rendre hommage au génie de
Votre Majesté.

CATHERINE, *à part.*

Cet homme!... étrange souvenir!

LOUIS XI, *souriant.*

Messire Coster, nous sommes content de vous. Parlez, comment vous plairait-il de nous faire témoigner notre bonté à votre
endroit?

COSTER.

Votre Majesté me rend vraiment confus !

OLIVIER.

Si j'osais venir en aide à l'embarras de ce pauvre homme...

LOUIS XI.

Qu'est-ce que tu dirais?

OLIVIER.

J'oserais conseiller à Votre Majesté d'acheter l'édition entière.

LOUIS XI.

Tu parles comme un maître sot : à quoi servirait-il de se faire imprimer pour s'acheter soi-même? Dites-moi, maître Coster, mon livre se vend-il beaucoup ?

COSTER.

Beaucoup, sire.

LOUIS XI.

Vrai, sans flatterie?

COSTER.

C'est une fortune pour moi, sire !

LOUIS XI.

Vraiment! Dis donc, Olivier, tu entends, je fais la fortune des gens, sans m'en douter.

OLIVIER.

Hélas! sire, on en ruine quelquefois tant d'autres sans y songer davantage.

LOUIS XI.

Et combien vend-on chaque exemplaire?

COSTER.

Deux écus à la rose.

LOUIS XI.

C'est cher ! c'est cher !

OLIVIER.

Un livre de votre majesté.

LOUIS XI.

Sans doute ; mais il ne faut pas décourager les acheteurs... Mais, pasque-Dieu ! dis donc, Olivier, si, au lieu de frapper des impôts, je chargeais mon argentier de vendre mes Nouvelles?

OLIVIER.

Votre majesté serait le premier roi qui se serait enrichi en amusant son peuple !

LOUIS XI.

Voyons, maître Coster ! que puis-je pour vous ?

COSTER.

Si j'osais solliciter de votre majesté la permission de lui offrir cet exemplaire richement enluminé ?

LOUIS XI.

Comment donc ! c'est une attention qui nous touche. J'offrirai à mon tour votre présent à la dame de Beaujeu ; soyez donc le bien-venu à notre cour, messire Coster !

COSTER.

Tu l'entends, Catherine ?

CATHERINE.

Sire ! (*Elle s'approche du Roi.*)

LOUIS XI.

C'est ta femme ? je vous prends désormais tous deux sous ma protection royale.

CATHERINE.

C'est dépasser nos plus beaux rêves, sire.

LOUIS XI.

Oui, j'affirme que je considère l'imprimerie comme une belle invention ; je me hâterai de faire des édits et ordonnances pour la propager dans tous mes États.

OLIVIER, *avec un rire sarcastique en remontant vers le fond.*

Ah ! ah ! ah !

LOUIS XI.

De quoi ris-tu ?

OLIVIER.

Pardon, sire, pardon ! (*Riant plus fort.*) Je ris... un écolier qui donne des verges pour se faire fustiger !

CATHERINE, *bas.*

Coster !..

COSTER, *à lui-même.*

Oh ! ce rire infernal ! c'est lui !

LOUIS XI, *à Olivier.*

De qui parlez-vous, messire ?

OLIVIER, tirant une brochure.

Ce pamphlet vous le dira.

LOUIS XI.

Un pamphlet?

OLIVIER.

Laurent Coster nous a montré un livre écrit par le roi... En voici un autre écrit sur le roi.

CATHERINE, à part.

Mon Dieu!

COSTER.

Sire, quelque ouvrier qu'on aura séduit sans doute.

LOUIS XI, l'ouvrant vivement.

Comment! sur moi?... et par qui? par personne?

OLIVIER.

Par tout le monde.

LOUIS XI.

Aucun nom d'auteur!... et que dit-on?

OLIVIER.

Voyez, sire, au hasard.

LOUIS XI, feuilletant la brochure.

Ah! j'imite sans l'égaler le roi romain Numa Pompilius, et la dame de Beaujeu, ma conseillère intime, est une triste Égérie.

OLIVIER.

Lisez encore, sire.

LOUIS XI, de même.

Ah! je ne pardonne pas à mon cousin de Bourgogne de montrer plus de courage que moi!... Je fais pendre les paysans à tous les arbres de mon château du Plessis-lez-Tours.

OLIVIER.

Allez, allez, continuez.

LOUIS XI.

Ah! mes contes sont détestables! Je les ai pillés dans Bocace et...

OLIVIER.

Achevez, sire.

LOUIS XI, avec colère.

Pas une ligne de plus!... mon sang bout de colère.

CATHERINE, *bas.*

Coster ! nous sommes perdus.

LOUIS XI, *à Coster.*

Et c'est vous qui êtes venu propager cette diabolique invention dans mon beau royaume de France ?... Ah ! me voilà, grâce
à vous, livré aux libelles, aux sarcasmes multipliés à je ne sais
combien d'exemplaires...

OLIVIER.

Autant d'exemplaires que de payeurs de tailles.

LOUIS XI.

Par les fleurs de lys de ma couronne, je punirai tant d'audace!

OLIVIER, *bas.*

Du calme, sire ! on dirait partout que votre vanité d'auteur
se venge !

LOUIS XI, *à lui-même.*

Il a raison... je m'oubliais ! (*A Olivier.*) N'ayons pas l'air de
tuer l'invention.

OLIVIER.

Mais assurons-nous de l'inventeur !

LOUIS XI.

Je comprends... (*A Coster.*) Messire Coster, un roi de France
est au-dessus de l'outrage et au niveau des plus grandes idées.
Accompagnez-moi au Louvre... Vous recevrez la récompense
qui vous est due.

COSTER, *s'inclinant.*

Sire! (*Louis XI remonte au fond. Entrent Tristan et les
Pages.*)

CATHERINE, *bas à Coster.*

N'en crois rien... à quelques pas d'ici, tu vas être arrêté !

COSTER, *bas.*

Tais-toi !

CATHERINE, *montrant Olivier.*

Tu ne reconnais pas cet homme ?

COSTER.

Rassure-toi, Catherine.

LOUIS XI, *appelant Olivier.*

Venez çà, Olivier le Diable. (*Il lui remet un parchemin.*)

CATHERINE.

Tu l'entends ! le roi l'a nommé.

LOUIS XI, *à Coster.*

Messire, je signe vos diplômes.(*Il signe sur un grand livre que tient Tristan.*)

CATHERINE, *à Coster.*

Ecoute. Les compagnons sont près d'ici avec les écoliers de la Sorbonne. Je cours les prévenir... et dussent-ils...

COSTER.

Non, pas de sédition... il me reste le cardinal de la Balue.

OLIVIER, *s'asseyant à droite.*

Le cardinal de la Balue...

CATHERINE, *à Coster.*

Il t'a entendu...

OLIVIER.

Est, depuis ce matin, enfermé comme un oiseau rare dans une cage de fer accrochée aux voûtes de la Bastille. Une invention de Sa Majesté et de moi, car nous sommes aussi des inventeurs, nous autres.

LOUIS XI.

Tristan, vous donnerez des gardes à monsieur, comme à un duc et pair. (*A part, avec colère.*) Ah ! mes contes sont détestables ! (*Il sort suivi de ses Pages. — Tristan reste au milieu du théâtre.*)

COSTER, *calme.*

Pauvre femme ! elle veut me défendre contre le roi ! (*Montrant Olivier.*) C'est contre celui-là qu'il faut lutter ! (*Il sort suivi de Tristan et des gardes.*)

CATHERINE, *le regardant sortir.*

Il n'y pas un instant à perdre !... Que Dieu me conduise ! (*Elle sort.*)

SCÈNE VIII.

OLIVIER, *seul, puis* ASTARTÉ.

OLIVIER.

Pour le coup, cette fois, entre mes mains tu tombes.
Fallût-il les cachots qui deviennent des tombes

Et dont le prisonnier n'a jamais pu sortir...
Grand homme triomphant, je te tiendrai martyr!

Des cris se font entendre dans la rue: Vive Laurent Coster! *Il se lève.*

Des cris : vive Coster! mais on le déifie!
Comment! j'ajouterais à sa biographie
Un semblable chapitre! Et mon pouvoir fatal
En creusant un abîme élève un piédestal!
Halte, Satan, ceci n'est point un bon système.
Car enfin, pourquoi suis-je intéressant moi-même?
Je suis intéressant, c'est vrai, c'est reconnu;
En tous lieux habités mon nom est parvenu.
Toute langue le dit: aux hommes j'ai su plaire,
Ils m'invoquent: enfin je suis très-populaire :
Pourquoi? c'est que je suis un martyr patenté,
Le doyen des martyrs par droit d'ancienneté.
Et j'allais faire, moi, cette sottise immense
En créant un martyr! à l'humaine démence
Je payais comme un sot, à mon tour, ce tribut!
Non, non, jamais mon œil ne doit manquer un but!
Que ce soit aujourd'hui ma sottise dernière!

Cris.

Ah! voilà bien Paris, la ville moutonnière.
Vive, vive Coster! braillent ces bons bourgeois.
Si donc sous le boisseau je mets le feu grégeois,
Le boisseau va brûler, sa lumière me tue,
Et sur le Pont au Change on dresse la statue
De Coster, le martyr! — Oh! ce ne sera pas!

Appelant.

Astarté, viens ici.

Astarté paraît à droite.

Mets tes pieds sur mes pas,
Et ta main de démon par la mienne guidée
Sur le sol du néant va bâtir une idée.

Ils sortent. Le théâtre change.

Au fond, le château de Beauté. — De chaque côté, des bosquets.

SCÈNE PREMIÈRE.

OLIVIER (SATAN), ALILAH.

SATAN, *entrant de droite.*

Et maintenant, viens ici à ton tour, femme que j'ai soumise ;
parais, mon esclave Alilah ! (*Un feuillage se développe à droite,
au troisième plan, et laisse voir un bosquet.*)

ALILAH, *sortant du bosquet, suivie de quelques femmes qui sortent
par le fond.*

Me voilà, que veux-tu ?

SATAN.

Viens, viens avec tes charmes
Et ton sourire d'or qui seul tarit les larmes,
Et toute ta beauté !

ALILAH.

Parle, roi des enfers,
A quel homme nouveau dois-je donner des fers ?

SATAN.

Mais c'est toujours au même, il n'en est qu'un au monde,
Laurent Coster.

ALILAH.

Coster !

SATAN.

Que son rêve se fonde
Sous ton regard fatal et que ta blanche main,
Par un doux serrement l'arrête en son chemin !

ALILAH.

Lui, Coster !

SATAN.

Oui, Coster. D'où vient que tu tressailles ?
Tu gagnas bien souvent ces galantes batailles.
Rappelle-toi ce jour du plus lointain passé
Où ma voix ranima ton cadavre glacé.

Je vis un feu si beau sous ta noire prunelle,
Que je te dis alors : Courtisane éternelle,
Toujours jeune et toujours soumise tu vivras,
Et les plus nobles cœurs s'éteindront dans tes bras!

ALILAH.

Je m'en souviens! c'est vrai, toujours obéissante,
Depuis les anciens jours jusqu'à l'heure présente,
Maître, je t'ai servi sans te trahir jamais.

SATAN.

Continue aujourd'hui.

ALILAH.

Coster!... si je l'aimais?

SATAN.

Toi, l'aimer! Toi, vraiment! ah! t'ai-je bien comprise?...
Jamais pareil aveu n'excita ma surprise!
Tout à coup, qui t'a mis au cœur ces beaux élans,
Esclave de l'enfer depuis quatre mille ans?
Reine, as-tu donc aimé Ninias sur l'Euphrate?
Aspasie, aimais-tu l'élève de Socrate?
Cléopâtre, aimais-tu dans la belle Memphis,
Le triumvir Antoine, ou César ou son fils?
Quand Alcide brisait sa marche triomphale
Sur l'écueil de tes bras, l'aimais-tu, reine Omphale?
C'est le mensonge seul qui dompta tes amants,
Et quand tu dis encor que tu l'aimes... tu mens!

ALILAH.

Que vous connaissez bien votre esclave, ô mon maître!
Aux héros, mes amants, je n'ai su que promettre
Mon amour; mais, hélas! on ne peut, je le sens,
Aimer, lorsque la vie et le cœur sont absents.

SATAN.

C'est bien, mon Alilah! Quoique un instant rebelle,
Je te pardonne! adieu... reste et sois toujours belle.

Elle remonte vers le fond. Satan se tourne vers le côté gauche.

Te voilà sous ma griffe, ô Coster, toi qui veux
Inventer un second soleil pour tes neveux.
Tu prétends éclairer l'aveugle race humaine,
Rogner les revenus de mon sombre domaine!...
Eh bien! dans un combat, pour toi trop hasardeux,
Nous verrons qui sera plus diable de nous deux!

*Il sort à droite. Alilah lève la main vers le feuillage de gauche
qui se développe comme celui de droite et laisse voir Coster
couché sur un banc de verdure.*

CHŒUR, *au dehors — Voix de femmes.*

> Sous l'azur de ces dômes,
> Pleins de fleurs et d'arômes ;
> Chevalier enchanté,
> Admire le domaine
> Dont une fée est reine,
> Le château de Beauté.

COSTER, *qui s'est levé pendant le chœur, descend sur le devant du théâtre sans voir Alilah ; regardant autour de lui.*

Où suis-je ? Je m'étais endormi dans une prison, et je me réveille dans un palais !

SCÈNE II.

LA DAME DE BEAUJEU. COSTER.

LA DAME DE BEAUJEU.

Coster !...

COSTER.

Elle !

LA DAME DE BEAUJEU, *s'approchant de lui.*

Coster, que l'ignorance exile,
La dame de Beaujeu vous donne cet asile ;
Ce château, ces jardins, ces bois vous sont offerts.
Aujourd'hui, de vos mains, j'ai fait tomber les fers :
Plus de donjon royal, plus de prisons funèbres,
Pour vous le jour se lève et chasse les ténèbres ;
Votre prison sera ce manoir enchanté
Qui reçut le doux nom de château de Beauté.

COSTER.

Anne de Beaujeu ? non... vous êtes cette femme
Que je trouve partout, qui me glace ou m'enflamme ;
Qui n'a rien de connu sur terre, rien d'humain,
Lorsque l'esprit fatal traverse mon chemin,
Vous êtes toujours là, captive, dans son ombre,
Et sur vous dès alors le soleil même est sombre !

Elle cache sa figure et se détourne.

Tu veux me perdre ici... tous ces piéges offerts
A ma faiblesse, sont les charmes des enfers,
Je le vois ; mais je sens, fille des grandes haines,
Que je suis assez fort pour briser nos deux chaînes ;

Je sens, femme sans nom, que ma vie en t'aimant
Ranimera la tienne, et que, dès ce moment,
Du domaine infernal franchissant les limites,
Ombre, tu prends un corps, morte, tu ressuscites !

LA DAME DE BEAUJEU, *à elle-même.*

O paroles d'espoir !... ai-je bien entendu !
Voilà l'homme, voilà mon génie attendu !
Il n'a douté de rien, et son âme est montée
Jusqu'au ciel, pour ravir le feu de Prométhée.

A Coster.

Merci, toi qui me rends, par ta sublime foi,
Ma place sur ce monde, et l'amour près de toi,
Qui me donnes ma part des terrestres domaines,
Qui mêles mon extase aux tendresses humaines,
Et qui sus réchauffer, par ton souffle vainqueur,
Ma poitrine de glace, où je sens battre un cœur !

*Elle ouvre ses bras, Coster veut s'y précipiter; mais, frappée d'un
souvenir subit, elle le repousse.*

Non, non, je me souviens... redoutons l'anathème
Infernal ou divin.

COSTER.

Je ne crains rien, je t'aime !

ALILAH.

Ne m'aime pas; ce mot est rempli de frissons.

LA VOIX DE SATAN, *à droite.*

Obéis ! obéis !

ALILAH, *passant du même côté, à elle-même.*

Qu'entends-je ?... Obéissons !

Changeant de ton et souriant.

Allons ! seigneur Coster, rassurez-vous bien vite.
Je vous l'ai dit : du roi je suis la favorite...
Qui donc parlait ici de mort et de tombeau,
Dans ce monde si gai, dans ce palais si beau ?
Quittez cet air sinistre, et faites-nous entendre
Tout ce que, dans sa voix, l'amour a de plus tendre...
Faut-il la châtelaine au noble paladin ?
La sultane Fatime au sultan Aladin ?
La colombe au ramier, et la bergère au pâtre ?
Je serai tout, Laïs, Hélène ou Cléopâtre !

COSTER.

O prestige d'amour !... Heureux de te revoir,
J'ai voulu t'attirer à moi ; mais ton pouvoir
Est plus fort que le mien... je cède et je me livre...
A tes chaînes de fleurs, dans cet air qui m'enivre,
Et devant tes genoux ton esclave lié
Ne vivra que pour toi, loin du monde oublié.

ALILAH, *l'enlaçant de ses bras.*

Reste ! je te promets des richesses sans nombre,
Des jardins enchantés, pleins d'eaux vives et d'ombre.

COSTER.

Tais-toi, démon divin !... oh ! parle-moi toujours.

ALILAH.

A quel rêve insensé veux-tu donner tes jours ?
A quel rude travail veux-tu donner tes veilles ?
L'amour et la beauté, voilà les deux merveilles !
Voilà les deux trésors charmants et radieux,
Qui de l'homme ici-bas font le rival des dieux !
Je veux, te soumettant au plus doux des empires,
Qu'à mes pieds, comme au ciel, enivré, tu respires,
Et que, dans ton extase et ton bonheur d'amant,
Chaque siècle pour toi passe comme un moment.

Remontant vers le fond.

Heures ! filles du Temps, venez, je vous invite...
Versez l'oubli sur nous, Heures, qui passez vite,
Et vous, venez aussi, dieux anciens... Qu'à ma voix
L'Oylmpe descendu vienne peupler ces bois.

Entrent de tous côtés des faunes, sylvains, nymphes, dieux, déesses qui se rangent de chaque côté du théâtre — Alidah vient s'asseoir sur un banc de verdure, à gauche, près de Coster. Viennent ensuite les Heures qui font des attitudes devant Coster. Elles portent leurs chiffres sur leur tête. — Danses. — Le ballet se termine par un groupe formé sur l'avant-scène. Le groupe s'écarte et laisse voir au milieu le dieu Pan qui paraît. Les Heures se groupent autour de lui.

LE DIEU PAN.

Les heures sont des fleurs l'une après l'autre écloses
Dans l'éternel hymen de la nuit et du jour ;
Il faut donc les cueillir comme on cueille des roses
Et ne les donner qu'à l'amour.

Ainsi que de l'éclair, rien ne reste de l'heure,
Qu'au néant destructeur le temps vient de donner ;
Dans son rapide vol embrassez la meilleure,
    Toujours celle qui va sonner.

Et retenez-la bien au gré de votre envie,
Comme le seul instant que votre âme rêva :
Comme si le bonheur de la plus longue vie
    Était dans l'heure qui s'en va.

Vous trouverez toujours, depuis l'heure première
Jusqu'à l'heure de nuit qui parle douze fois,
Les vignes, sur les monts, inondés de lumière,
    Les myrtes à l'ombre des bois.

Aimez, buvez, le reste est plein de choses vaines ;
Le vin, ce sang nouveau, sur la lèvre versé,
Rajeunit l'autre sang qui vieillit dans vos veines
    Et donne l'oubli du passé.

Que l'heure de l'amour d'une autre soit suivie,
Savourez le regard qui vient de la beauté ;
Être seul, c'est la mort ! Être deux, c'est la vie !
    L'amour, c'est l'immortalité !

Après les strophes, le dieu Pan fait un geste, toutes les Heures se lèvent. Il leur indique de passer devant Coster. Les Heures passent devant lui à partir de la première.

COSTER, *qui les a comptées, voyant la onzième s'élève et s'écrie :*

Onze heures, déjà ! Oh ! comme les heures passent près de toi ! (*Le dieu Pan a retenu Minuit et l'envoie sur lui ; elle s'incline, il aperçoit son chiffre.*) Douze ! Ai-je bien compté les heures !... Quoi ! tout ce temps de fièvre et d'oubli !... Non, non !... fuyons !... (*Il veut remonter.*)

LE DIEU PAN, l'arrêtant du geste.

Fuir !... il est trop tard !. . Ce ne sont pas des heures qui viennent de passer, ce sont des années !... Depuis douze ans tu es mort pour le monde.

ALILAH.

Qu'importe ! en ces douces demeures
Jamais le temps n'est limité...
Ah ! Coster que nous font les heures?
N'avons-nous pas l'éternité ?

COSTER.

Qu'elle est belle ! (*Alilah s'enfuit.*— *Coster se précipite sur ses pas.* — *Elle va disparaître à droite, au fond, sous une arcade sombre de verdure formée par des nymphes, lorsque tout à coup apparaît le fantôme de Catherine, il s'écrie :*) Catherine ! (*Mouvement général. — Le berceau disparaît. — Nuit complète.*)

SATAN, *avec force.*

Disparaissez, créations de mon génie ! le ciel l'emporte sur l'enfer. (*Il entraîne Alilah. — Tout disparaît. — Coster reste sur le devant, à gauche.*)

L'OMBRE DE CATHERINE, *remontant et s'adressant à Coster.*

Coster... ma vie s'est éteinte avant ton retour, mais je te laisse notre fille. Elle t'aimera sur la terre, pendant que je prierai dans le ciel. (*Elle disparaît.*)

COSTER.

Catherine ! morte ! est-ce possible !.,. et moi ! et ma fille !... ô mon Dieu ! (*Il tombe anéanti. — Le théâtre change.*)

SEPTIÈME TABLEAU.

Une forêt. — Demi-jour.

SCENE UNIQUE.

COSTER à *terre, puis* LES TROIS COMPAGNONS. (*On entend le chant des compagnons au dehors à droite. Ils entrent en costume de voyage.*)

FAUST, *apercevant Coster.*

Silence ! un homme étendu, là !

SCHÆFFER, *s'approchant.*

Dans ce lieu désert?

GUTTEMBERG.

Assassiné, peut-être ! c'est la Providence qui nous conduit à son secours ! (*Ils le soulèvent.*)

FAUST, *le reconnaissant.*

Oui, oui, c'est bien la Providence, amis ! regardez, ne reconnaissez-vous pas ce compagnon ?

GUTTEMBERG.

Coster !

TOUS.

Coster !

FAUST.

Point de blessure, rien... évanoui seulement. (*Ils le font asseoir.*)

GUTTEMBERG.

Il revient à lui ! Maître, c'est donc vous ! maître, vous vivez, vous voilà, vous que nous pleurions comme un ami qui n'est plus.

FAUST.

Depuis douze ans, maître, nous portons le deuil de votre mort.

COSTER.

Ces voix ! (*Les reconnaissant.*) Mes amis ! est-ce que je sors du sommeil ou du tombeau ! (*Se souvenant.*) Catherine ! là, tout à l'heure, elle me parlait.

GUTTEMBERG, *tristement.*

Hélas ! maître, ce ne peut être que son ombre qui vous a parlé.

COSTER.

Oui, c'est son ombre !... morte !

FAUST.

Morte, en vous attendant...

COSTER.

Oui, en m'attendant !... depuis...

SCHÆFFER.

Depuis douze ans, maître !

COSTER, *se levant.*

Douze ans !... oh ! c'est à devenir fou !

GUTTEMBERG.

Privés de votre appui et de votre nom, nous avons bien souffert !...

FAUST.

Chassés de France, nous allons en Espagne nous réfugier sous la protection de l'auguste Isabelle.

SCHÆFFER.

Venez avec nous, maître.

TOUS, l'entourant.

Venez !

COSTER.

Oui, changeons d'horizon, de pays !... Au travail, au travail, mes amis ! et croyez-moi, je ne vous quitterai plus désormais !...

ACTE QUATRIÈME.

—

HUITIÈME TABLEAU.

En Espagne. La ville de Palos. Une place publique. Au fond à gauche et faisant face au public est le palais de la ville, avec des marches. A droite, au loin, le port. Du même côté est l'entrée d'une grande prison. Près de la porte, dans le mur, est une madone.

SCÈNE PREMIÈRE.

LA REINE ISABELLE, CORREGIDOR, PEUPLE, GARDES, puis LUCIE, ensuite L'ALCADE MAJOR (SATAN), suivi D'AUTRES ALCADES. (Au lever du rideau, des gens du Peuple sont groupés devant le palais, la reine Isabelle paraît au haut des marches avec sa suite. Gardes.)

LA FOULE.

Vive la reine Isabelle !... vive la reine Isabelle !..

LA REINE, qui est arrivée au milieu du théâtre avec sa suite, au peuple.

Espagnols, je suis venue dans cette ville de Palos, afin d'honorer de ma présence le départ de Christophe Colomb...

et je vais moi-même visiter dans le port les trois vaisseaux que lui confie notre munificence royale.

QUELQUES GENS DU PEUPLE, *en sortant par le fond.*

Au port! au port! vive la reine! (*On entend à gauche les cris d'une femme.*) Laissez-moi passer!.. je veux parler à la reine!... (*Lucie paraît.*)

LE CORRÉGIDOR, *se trouvant du même côté, l'empêchent de passer.*

On ne passe pas!... vous ne passerez pas!...

LUCIE.

Laissez-moi passer!... je veux voir la reine!

LA REINE.

Une jeune fille! qu'on la laisse approcher!... (*Le corrégidor la laisse passer et vient sur le devant à droite.*)

LUCIE, *venant tomber à genoux devant la Reine.*

Ah! madame!

LA REINE.

Relevez-vous, mon enfant; on ne s'agenouille que devant Dieu!

LUCIE, *se levant.*

Madame la reine, j'arrive de bien loin; j'arrive de Paris, à pied, avec des pèlerins qui vont en terre sainte.

LA REINE.

Et qu'êtes-vous venue chercher au fond de l'Espagne?

LUCIE.

Mon père, madame. J'étais bien jeune, une enfant, quand mon père a quitté notre maison pour n'y plus revenir. Pendant douze ans ma pauvre mère l'a attendu, et elle est morte de douleur et de misère; mais à son lit de mort, elle me dit : Ma fille, ton père est dans la prison ou dans l'exil... demande aux saints anges gardiens de te conduire vers lui; et quand tu l'auras retrouvé, ramène-le dans notre Harlem si tranquille... et je partis... J'arrive ici, madame, et j'apprends qu'un homme est condamné au bûcher pour avoir commis un crime; cet homme est mon père! Coster, criminel! Ah! madame! c'est impossible! il est innocent; écoutez le cri de mon cœur... c'est la voix de Dieu! mon père n'a pas eu de juges; il n'a eu que des ennemis!

LA REINE.

Ma fille! prenez garde, la justice règne en Espagne, à côté de moi... du moins, elle doit y régner.

LUCIE.

Il est innocent, madame... tenez, ouvrez ce livre... (*Elle lui remet un livre.*) Ce fut le chef-d'œuvre du génie de mon père... ce livre est mon seul héritage, et voyez si celui qu'imprima cette œuvre pieuse a pu mériter la mort.

LA REINE, *parcourant le livre.*

En effet, ma fille, voilà un chef-d'œuvre de patience et de piété ; ce livre est un puissant intercesseur auprès de la reine catholique... (*Lui remettant le livre.*) Reprenez ce trésor, et laisser-moi parler un instant aux hommes qui rendent la justice !.. (*A part.*) Et qui ne la rendent pas toujours en mon nom. (*Au Corrégidor.*) On ne m'avait rien dit de ce Laurent Coster ?

LE CORRÉGIDOR.

Ce Coster... (*Il va pour continuer, quand vient d'entrer en scène l'Alcade Mayor suivi d'autres alcades.*)

L'ALCADE MAYOR, *l'interrompant.*

Laurent Coster !.. un Allemand hérétique... venu de France, de Paris... je crois, pour exercer en Espagne l'art maudit qui, jusqu'à présent, l'a fait chasser de partout. Nous l'avons emprisonné, lui et ses trois acolytes, et je crois, en effet, qu'on doit les brûler aujourd'hui... mais sans éclat ; par-dessus le marché... c'est le dernier des misérables.

LA REINE.

Et pour quel crime ?

LE CORRÉGIDOR.

Oh ! sérénissime Altesse, un crime...

L'ALCADE, *même jeu.*

Abominable ! il est venu inonder l'Espagne de livres hérétiques, qu'il reproduit magiquement par milliers ; et comme nous avons brûlé les livres, il est juste aussi de brûler l'homme... Le tribunal suprême est toujours logique dans ses jugements.

LA REINE, *à part.*

Être reine d'Espagne, et sujette d'un tribunal !... que faire ?...

LUCIE, *s'approchant près de la Reine.*

Madame !...

LA REINE.

Je ne puis rien, ma fille, le tribunal suprême a parlé.

LUCIE.

Mon Dieu !

LA REINE, *bas.*

Chut ! Espérez, ma fille !.. (*Haut.*) Alcades, et vous tous, mes seigneurs, retenez bien ceci... votre reine vous demande de rendre la justice avec les inspirations de Dieu... et non avec les vôtres ; je puis faire encore quelques concessions à des pouvoirs rivaux usurpés, non par l'Église, mais par un tribunal puissant ! cette condescence ne sera pas longue... ma main qui a éteint la guerre civile en Aragon, continuera son œuvre partout et il n'y aura d'autres maîtres souverains ici que la justice, et la reine Isabelle ! Dieu garde vos seigneuries ! (*Elle sort par le fond à droite avec les gardes et toute sa suite.*)

SCÈNE II.

L'ALCADE MAYOR, LE CORRÉGIDOR, LUCIE, ALCADES, *la foule au fond.* (*L'alcade Mayor se mêle à la foule, il est suivi du Corrégidor. Lucie est seule sur le devant.*)

LUCIE, *avec joie, à elle-même.*

Espérez ! j'ai bien entendu ! (*Se retournant vers la prison.*) Espérez, mon père, la reine l'a dit. (*S'agenouillant devant la madone.*) O Sainte Vierge ! mère des sept douleurs, inspirez la reine et faites que mon père soit sauvé.

LE CORRÉGIDOR, *suivant toujours l'Alcade qui vient sur le devant.*

Je vous dis, moi, que vous m'interrompez toujours... et que ça m'est insupportable... bien plus, ça m'est suspect. Prenez-y garde, l'on brûle aussi les alcades.

L'ALCADE.

Hein ?

LE CORRÉGIDOR.

Quoi ?

L'ALCADE.

Vous dites ?

LE CORRÉGIDOR.

Qu'ai-je dit ?

L'ALCADE.

Vous me ferez brûler, moi, tout vif !

LE CORRÉGIDOR.

Mais nous en avons brûlé de plus...

L'ALCADE.

De plus incombustibles? jamais !

LE CORRÉGIDOR.

Alcade! vous perdez toute retenue !...

L'ALCADE.

Voyons, ne nous brouillons pas, nous sommes faits pour nous entendre... Que diable, mon cher corrégidor, vous avez une rage de feu... une passion pour les flammes, qui, si je vous laissais faire... irait, je crois, jusqu'à parodier l'enfer. Croyez-moi, je suis très-expert sur l'article bûcher... tournez un peu vos regards de ce côté. (*Il montre Lucie.*)

LE CORRÉGIDOR, *regardant.*

Ah! tiens, c'est la jeune fille !

L'ALCADE.

Est-ce que le tribunal suprême ne pourrait pas la réclamer un peu ?...

LE CORRÉGIDOR.

Comment donc ! je la réclame beaucoup !

L'ALCADE.

Et pour quel crime ?

LE CORRÉGIDOR.

Nous trouverons le crime après.

L'ALCADE.

Je l'ai trouvé avant.

LE CORRÉGIDOR.

Cela vaut mieux. Est-ce un crime classé ?

L'ALCADE.

Non, un crime tout neuf; il vous a passé sous les yeux, et vous ne l'avez pas vu !

LE CORRÉGIDOR.

Bah !

L'ALCADE.

La fille de Coster a montré à la reine un livre d'heures, c'est-à-dire un livre de piété... reproduit par la magie, et vous n'avez pas saisi le livre et la magicienne.

LE CORRÉGIDOR.

Tiens! c'est vrai! Ah! mon cher familier, mon éminent alcade, vous êtes la lumière du tribunal suprême... Attendez, je vais procéder à son interrogatoire et à son arrestation. (*Il passe devant l'Alcade en s'inclinant.*)

L'ALCADE, *à part, le regardant passer.*

L'éducation l'a fait bête, ce corrégidor; heureusement la nature l'avait fait méchant.

LE CORRÉGIDOR, *à Lucie.*

Venez ici, ma fille, venez.

LUCIE, *se levant.*

Moi, monseigneur?

LE CORRÉGIDOR.

Oui, vous... approchez... ne craignez rien.

LUCIE, *avec joie.*

La reine a fait grâce!

LE CORRÉGIDOR.

Qu'est-ce qu'elle dit? qu'est-ce qu'elle dit? Montrez-moi ce livre d'heures que vous portez sur vous.

LUCIE, *lui remettant son livre.*

Le voilà, monseigneur.

LE CORRÉGIDOR, *parcourant le livre.*

Mais ce n'est pas écrit à la plume, cela?

LUCIE.

Non, monseigneur, c'est imprimé; regardez comme ces caractères sont beaux! comme ils sourient aux yeux! comme ils sont alignés avec grâce sur le vélin!... Eh bien! monseigneur, l'homme de génie qui a fait ce chef-d'œuvre est dans les cachots de l'Inquisition.

LE CORRÉGIDOR.

Ah! cela vous étonne?... Elle est vraiment naïve, cette enfant!... Ce livre sent la magie d'une lieue; tenez, alcade, examinez ce livre un seul instant.

L'ALCADE, *se reculant.*

Horreur!... ce livre me sécherait la main; je vous crois sur parole. (*Au peuple qui prend part à l'action.*) A cet âge, être déjà sorcière! (*Murmures.*)

LE CORRÉGIDOR.

Ce livre est une pièce de procédure qui simplifie l'accusation... (*Il fait signe aux deux Alcades de s'emparer de Lucie.*) Ma fille, je vous arrête au nom du tribunal suprême!

LUCIE.

M'arrêter, moi! retirez-vous! je veux parler à la reine. (*Courant vers l'entrée de la prison.*) Mon père, mon pauvre père! Ah! on ne m'arrachera de cette place que morte! (*Rumeurs.*)

LE CORRÉGIDOR, *à la foule.*

Laissez passer la justice du tribunal suprême! (*Rumeurs plus fortes.*)

L'ALCADE, *avec force, passant au milieu du peuple.*

Taisez-vous! voilà bien du scandale pour peu de chose! (*Il étend la main sur Lucie, et fixe sur elle des yeux de démon. — D'une voix sourde :*) Pas un mot! pas un geste! obéissez! (*Lucie, épouvantée et frémissante, regarde l'Alcade, se lève vivement comme sous l'empire d'une irrésistible fascination, et marche d'après le geste que lui fait l'Alcade. — Grande agitation dans la foule.*)

LE CORRÉGIDOR, *s'approchant de l'Alcade.*

Par quel prodige... je ne comprends pas!...

L'ALCADE, *au Corrégidor.*

Parce que vous n'avez jamais vu le serpent de la Sierra-Leone attirant la colombe. (*Il tient toujours sa main levée vers Lucie et l'attire à lui. Ils sortent par le fond à gauche avec le Corrégidor et les Alcades. — Grand étonnement parmi le peuple. — Au même moment on entend du même côté des cris de : Vive Christophe Colomb! — Entrent en scène des Matelots.*)

CHOEUR DES MATELOTS.

A l'autre bord de cette onde,
Amis, il est un autre monde ;
Et que notre voix lui réponde
En suivant Christophe Colomb!

Amis, le chemin est long,
Le péril est grand, la gloire est féconde,
Amis, le chemin est long;
Suivons tous en mer Christophe Colomb.

*Pendant le chœur, on a dressé un bûcher sur le devant à droite.
Les matelots remontent au devant de Christophe Colomb qui
paraît au haut des marches du palais. Vives acclamations. —
Il sort par le fond à droite suivi des matelots. Au même
instant, on voit sortir de la prison des Arquebusiers, des Pénitents tenant des torches. Au milieu, Coster qui va au supplice. Tout le monde s'incline, le cortége s'arrête aux cris de
vive Christophe Colomb!*

SCÈNE III.

COSTER, Pénitents, Arquebusiers, Peuple, *puis le* Bourreau (Satan).

coster, *regardant vers le fond à droite.*

Nous nous heurtons devant tout un peuple étonné,
Lui, le triomphateur, et moi, le condamné.

Cris plus éloignés.

Colomb, je m'associe à ta noble pensée !
Tu ne la verras plus comme tu l'as laissée
Cette terre de mort que doivent rajeunir
Le livre et le vaisseau, cachés par l'avenir.
Le feu de mon bûcher éclairera cette onde.
Il fallait un martyr pour l'œuvre qui se fonde ;
Ce sera moi !... suivi d'un peuple de marins,
Crée un peuple nouveau sous des cieux plus sereins
Et reviens accomplir d'illustres destinées.
Ces deux mondes auront de puissants hyménées,
Et par-dessus la mer liant un entretien,
Le nôtre revivra sous la flamme du tien.
Va donc ! suis le soleil ! ce monde de merveilles
Existe. Ce n'est point une erreur de tes veilles !
Et s'il n'existait pas, pour honorer ta foi,
Dieu le ferait sortir du sein des eaux pour toi !

A lui-même.

Car il est un accord d'éternelle harmonie
Entre la Providence et l'homme de génie ;

Pacte signé là-haut depuis les anciens jours,
Et ce que l'un promet, l'autre le tient toujours.

*Il s'agenouille et se recueille un moment. Les Pénitents sortent par
le fond à gauche. Les Arquebusiers font disperser la foule et
se placent de chaque côté du théâtre. Le bourreau (Satan)
paraît à gauche avec ses aides qui vont se placer au fond à
droite, en face du bûcher.*

COSTER *se levant avec résignation.*

Je suis prêt, maintenant, marchons !

Apercevant Satan.

Quel est cet homme ?

LE BOURREAU.

Tu le sauras bientôt ! veux-tu que je me nomme ?
En Espagne mon nom circule trop souvent ;
De tous les médecins je suis le plus savant ;
Je guéris de la vie.

COSTER.

Ah ! le bourreau !

LE BOURREAU.

Lui-même !
Ton dernier serviteur à ton heure suprême.

COSTER.

Eh bien ! fais ton œuvre. Es-tu prêt, je t'attends !

LE BOURREAU, *passant près du bûcher.*

Je ne suis pas pressé, ménageons les instants.
Tout se fait lentement en Espagne ; on calcule
Minutieusement l'étiquette qui brûle ;
Un supplice est très-grave, on n'en fait pas un jeu ;
Ainsi, près du bûcher, causons à petit feu.

COSTER.

Je ne veux que la mort !

LE BOURREAU.

Tu l'auras, sois tranquille.
On a promis ta mort aux oisifs de la ville,
On leur tiendra parole ; ils sont très-exigeants,
Et notre devoir est de contenter les gens.

Mais il faut deux bûchers, deux, pour la symétrie ;
Et l'autre n'est pas prêt encore, et je te prie
De prendre patience : il nous est survenu
Un autre condamné.

COSTER.

Son nom ?

LE BOURREAU.

Un inconnu.
Qu'importe ? c'est toujours un compagnon. Il semble
Qu'on voyage bien mieux quand on est deux ensemble.
Ainsi donc, mon ami, nous tirons du cerveau
Des choses neuves. Diable ! inventer du nouveau
En Espagne, c'est fort dangereux. L'homme honnête
Qui veut vivre en repos garde tout dans sa tête,
N'invente rien, de peur des esprits envieux,
Ou, s'il tient à la chose, il invente du vieux.

COSTER.

Va, je ne mourrai pas seul ! je te livre
Mon corps ; mais mon idée, elle doit me survivre.

LE BOURREAU.

Il ne restera rien de toi ! va donc chercher
Ce qui reste d'un homme, au poteau d'un bûcher
Quand le feu s'est éteint, un peu de cendre grise :
Et la nuit la disperse à la première brise.

COSTER.

J'ai mes trois compagnons !....

LE BOURREAU.

Oh ! pour te secourir,
Ne compte pas sur eux.

COSTER.

Comment !

LE BOURREAU.

Ils vont mourir,
On les brûle là-bas... trois Allemands... La fête,
Comme tu vois, n'est pas mesquine ; elle est complète.

On entend le chant des compagnons dans le lointain.

Écoute !

COSTER.

Ce sont eux !

LE BOURREAU, *remontant vers le fond.*

           On les entend fort bien
Ces chanteurs allemands.

COSTER.

           Il ne restera rien.
Ici, le même jour, l'œuvre est ensevelie.

Avec force.

Eh bien, tant pis pour tous ! quelle étrange folie
De vouloir éclairer l'homme ! il a mérité
De vivre et de mourir dans son obscurité.

Il passe à droite.

LE BOURREAU.

A propos, as-tu vu, comme moi, cette fille
Qui venait implorer la reine de Castille ?
Elle arrivait, ainsi que nous l'avons appris,
D'une ville...

Cherchant.

           Je crois qu'on la nomme Paris...
Une ville inconnue en Espagne. Isabelle
N'a pu du tribunal rien obtenir pour elle ;
Nous allons la brûler avec toi...

COSTER.

           Que dis-tu ?...

LE BOURREAU.

Laisse dire.... Elle avait un air fort abattu,
Un œil sec qui n'a plus de pleurs sous les paupières,
Comme un torrent, l'été, quand il n'a que des pierres.
Elle arrivait mourante et les pieds tout meurtris,
Car elle avait toujours marché, depuis Paris.
Pauvre enfant ! Et bientôt il faudra qu'elle meure.
Je pleure quand je vois une fille qui pleure.
Cela t'étonne, toi... mais sous ce vêtement
Un cœur bat ; reviens donc de cet étonnement.
Ma livrée est affreuse, oui, mais regarde l'âme ;
Ne vois pas l'enveloppe. On aime aussi sa femme !
Quoique bourreau, je suis père aussi. Qu'il est doux
De tenir son enfant, le soir, sur ses genoux

Et d'oublier pour lui tout le reste du monde,
Et de baiser son front, sa chevelure blonde...
Ses deux petites mains, son visage charmant
Où rien ne trompe encor, rien n'est faux, rien ne ment.
Bonheur de tous les jours, délices de famille !
Ma joie est dans les yeux de ma petite fille :
C'est un trésor d'amour, rien ne peut l'épuiser,
Rien ne vaut la saveur de son dernier baiser,
Le soir, lorsque Rita, ma jeune enfant si chère,
Va dormir comme un ange à côté de sa mère.

COSTER, avec douleur.

Oh ! j'ai ma fille aussi, mon enfant, mon espoir;
Dans mon exil errant, je n'ai pu la revoir.

LE BOURREAU.

Celle qui va mourir avait un livre d'heures
Et se nomme Lucie.

COSTER, tombant assis sur le bûcher.

Elle ! ô mon Dieu !

LE BOURREAU.

Tu pleures ?

COSTER.

Ma fille va mourir !

LE BOURREAU.

Tu pleures, c'est bien peu.
Les larmes, mon ami, n'éteignent pas le feu.
Quoi ! tu ne feras rien pour la sauver, ta fille ?
Le glas sonne, le feu du bûcher déjà brille;
Et ce bon père est là qui se lamente. Oh ! moi,
Si j'avais ma petite en danger comme toi,
Si je te trouvais là, vêtu de ma livrée,
Prêt à donner la mort à ma fille adorée,
Un cri de rage aurait dans mon cœur retenti,
Et sous mes pieds déjà tu serais englouti !
Oh ! regardez cet homme : un savant qui se vante
D'inventer des secrets superbes... mais invente
Le secret de sauver ta fille. Celui-là
Est le meilleur de tous...

Lui indiquant le côté gauche.

Regarde !... la voilà !

SCÈNE IV.

Les Mêmes, LUCIE, Pénitents, Arquebusiers, Alcades ; *un cortége composé comme celui de Coster paraît à gauche, au fond. Lucie est au milieu.*

COSTER, *se lève et la reconnaît.*

Cathorine !... Oh ! cette ressemblance ! c'est elle ! c'est Lucie !

LUCIE, *s'élançant vers son père.*

Mon père ! (*Ils s'embrassent.*)

COSTER.

Oh ! c'est bien elle ! tous les traits de sa mère ! Mon enfant, ma fille !... Ah ! du fond de mon exil je te pleurais comme je pleurais Catherine, et à chaque voyageur qui s'en retournait vers la France, je disais : C'est là qu'elle est restée, vous la reconnaîtrez, elle a les yeux d'un ange et le sourire de sa mère.

LUCIE, *dans les bras de son père.*

Je t'ai cherché bien longtemps.

COSTER.

Et nous nous retrouvons pour mourir.

LUCIE.

Pour mourir ensemble, Dieu le permet, mon père !

COSTER, *avec exaltation.*

Dieu ! Dieu n'est pas juste !... toi mourir ! et je ne peux pas te sauver !

LE BOURREAU, *le regardant.*

Tu le peux !

COSTER.

Le ciel vient donc à mon aide !

LE BOURREAU.

Non, c'est moi !

COSTER, *le reconnaissant, avec explosion.*

Lui ! encore lui ! (*Pendant ce temps-là, un alcade a arraché Lucie des bras de son père et l'entraîne.*)

LUCIE.

Mon père, adieu !

COSTER.

Ma fille !

LUCIE, se dégageant et revenant à son père.

Adieu ! mon père ! (*Même jeu de l'alcade.*)

COSTER, allant au bourreau.

Tu peux la sauver ?... ma damnation pour le salut de ma fille !
Parle !... parle vite !...

LE BOURREAU, lui levant le bras et le soutenant.

Jure d'être à Satan ! tu lui livres ton âme :
Tu condamnes ton corps à l'infernale flamme ;
Damné, tu subiras l'éternité des temps.
Aujourd'hui, c'est toujours !

COSTER.

Je le jure, et j'attends !

On entend au loin les cris de : Vive la Reine ! à bas les bûchers !

SCÈNE V.

LES MÊMES, LA REINE, PAGES, GARDES, LA FOULE ; *le peuple
envahit le théâtre en criant : Vive la Reine ! A bas les bûchers !
Puis entre la Reine avec sa suite.*

LA REINE, à tout le monde.

Eteignez les flammes !... Une ancienne loi castillane ac-
corde la grâce de tous les condamnés que le cortége de la reine
rencontre sur son chemin. (*Elle remonte vers le fond.*)

COSTER.

O regrets de toute l'éternité ! ma fille était sauvée et je ne me
damnais pas !

SATAN, s'approchant de lui.

Je le savais, moi ! (*Coster tombe anéanti ; la Reine rentre dans
le palais. Acclamations. — Tableau.*)

ACTE CINQUIÈME.

—

NEUVIÈME TABLEAU.

A Rome. Un salon dans le palais Borgia. Portes latérales. Une fenêtre
est à gauche au deuxième plan. Le fond est ouvert et donne dans
une riche galerie dont on voit une table dressée autour de laquelle
se trouvent César Borgia, Impéria, Seigneurs, Dames, Pages.
C'est la fin d'une orgie. — Au lever du rideau, tout le monde se
lève et entre en scène en criant : Vive César Borgia ! à la santé de
César Borgia ! Les seigneurs tiennent des coupes que remplissent
les pages. Impéria seule verse à César Borgia qui se trouve au
milieu.

SCÈNE PREMIÈRE.

CÉSAR BORGIA, IMPÉRIA, Seigneurs, Dames, Pages.

CÉSAR BORGIA.

AIR *composé par M. de Groot.*

Lierres au front, pampre à l'oreille,
Ses doigts rougis par les raisins ;
Quel vin Bacchus, dieu de la treille
Buvait sur les coteaux voisins?
   Il buvait l'eau douce,
   Et le cristal pur
   Qui baigne la mousse
   Des bois de Tibur !

Il n'avait ni table ni nappe,
Les buveurs l'invoquent en vain !
Bacchus n'a trouvé que la grappe,
Nous avons inventé le vin !

REPRISE EN CHOEUR.

Il n'avait ni table ni nappe, etc.

BORGIA.

Honte à la Grèce notre mère,
Dans l'île blanche de Milo ;
A la santé du vieil Homère,
Les Bacchantes ont bu de l'eau.
    Avant la nuit noire,
    Tombant sur la mer,
    Phœbus n'a pu boire
    Que le flot amer.
Le vainqueur de l'hydre de Lerne,
N'a pas connu ce jus divin ;
Horace a mangé le falerne,
Et nous avons trouvé le vin !

REPRISE EN CHOEUR.

Le vainqueur de l'hydre de Lerne, etc.

BORGIA.

Le vin, c'est le feu qui pétille,
En pleuvant sous un ciel vermeil ;
Aux rocs de Chypre ou de Castille,
Comme une larme du soleil.
    Nobles jeunes hommes,
    Les coupes en mains ;
    Oui, c'est nous qui sommes
    Les seuls vrais Romains !
De leur gloire si peu féconde,
Nos aïeux se targuent en vain !
Nos aïeux ont conquis le monde
Et nous avons conquis le vin !

REPRISE EN CHOEUR.

De leur gloire si peu féconde, etc.

BORGIA, *après le chœur.*

Maintenant, mes amis, des barques pavoisées nous attendent au pied de l'escalier du Tibre. Allons au Quirinal ! nous prendrons en passant des nouvelles de l'élection du pape ! (*Ils remettent leurs coupes aux pages.*)

REPRISE EN CHOEUR.

De leur gloire si peu féconde, etc.

*César Borgia sort le premier par le fond, suivi des seigneurs. —
Impéria rentre à gauche, suivie des dames et des pages. Les
tapisseries retombent et cachent la galerie.*

SCÈNE II.

COSTER, MACHIAVEL (SATAN)   (*Ils entrent de droite.*)

MACHIAVEL.

Nous voilà réconciliés maintenant, Coster ; mais tu abuses de
l'amitié, comme tous les amis. Tu m'accables de tes plaintes !
Depuis Jérémie, je n'ai jamais entendu de pareilles lamenta-
tions. Suis-je sur des roses, moi ? L'homme est le seul animal
qui pleure toujours ; il commence au berceau, et continue toute
sa vie ! cela me fait rire aux larmes, moi ! et rire de pitié ! As-tu
à te plaindre de moi ? T'ai je abandonné ? au contraire... En
Espagne, je t'ai ramassé mourant à côté d'un bûcher ; je t'ai
prodigué mes soins pendant ta longue maladie ; je t'ai guéri,
malgré tes médecins. Je t'ai conduit ici, à Rome, sur le mont
Vatican, dans le palais Borgia, où je suis ministre sous le nom de
Machiavel. Enfin, je te loge depuis trois jours dans les petits appartements de ce palais, où j'achève de te guérir, en attendant que
je te présente à César Borgia qui s'est livré à sa dernière orgie
entre le chypre et le poison. Qu'exiges-tu de plus ?

COSTER, *qui s'est assis à gauche.*

C'est vrai, tu as raison, tu as plongé ta main dans mon cerveau et tu en as retiré le génie, c'est un état pacifique et doux.
(*Se levant avec élan.*) Oh ! être monté si haut et être tombé si
bas ! (*Il passe à droite.*)

SATAN.

De qui parles-tu ? Qui a fait cette chute ?

COSTER.

Moi !

SATAN.

Toi... Coster... Mesure nos deux chutes et ose te plaindre
après. (*Allant à la fenêtre.*) Regarde le ciel : vois-tu ce fauteuil
renversé, composé de sept étoiles ?... ce fut mon trône au temps

où j'étais roi du ciel et le rival de Dieu! Et quand je vois scin-
tiller tous ces soleils de la nuit, je sens que je pleurerais si j'avais
des larmes ! (*Revenant près de lui.*) Tu parles de ta chute!
Écoute ma dernière bataille qui sema le firmament d'une pous-
sière d'astres brisés... Mon armée d'archanges s'étendait du
septentrion au midi ; elle éclipsait les constellations depuis l'é-
toile polaire jusqu'à l'étoile du sud. Mon ennemi conduisait les
vingt mille chariots de guerre d'Eloa et les milices des Domina-
tions et des Trônes, archanges, que les chiffres humains ne peuvent dénombrer. Notre mêlée fit trembler l'axe du monde ; nous
épuisâmes tous les arsenaux du ciel ; les étoiles et les foudres
roulaient sur nos têtes et sous nos pieds comme des fleuves d'incendie, les abîmes de l'infini se peuplèrent de la chute de mes
légions vaincues, et je tombai le dernier, et le dernier jour d'une
bataille de mille ans. Et maintenant si vous vous sentez l'orgueil
de pleurer sur votre chute... pleurez à votre aise et humiliez-
moi!...

COSTER.

Oui, tu as bien gagné ton enfer.

SATAN.

Du reste, je puis te l'avouer, jamais, depuis ces vieux temps,
je n'ai gagné un combat si rude que celui que je t'ai livré...
Mais n'en parlons plus, ton art et ton âme sont à moi. — L'imprimerie m'appartient.

COSTER.

J'ai mes trois compagnons qui ont été sauvés par l'intercession
d'Isabelle, et ceux-là, tu ne les as pas vaincus. Tu as pu prendre
mon idée, tu ne prendras pas leur travail.

SATAN.

Le travail est le serviteur du génie ; que le génie soit flétri, et
le travail se corrompt.

COSTER.

Explique-toi.

SATAN.

Oui, mon ami, me voilà donc imprimeur ; les deux premiers
livres que j'imprime à mes frais sont les œuvres de Machiavel, mes propres œuvres, et les facéties amoureuses de Piétro
d'Arezzo. Du même coup, je déprave l'homme et la femme,

c'est-à-dire, à les entendre, les deux plus belles moitiés du genre
humain. Quant à tes trois compagnons, il ne pourront rien imprimer sans privilége. C'est moi qui ai inventé le privilége au
chapitre 16 de Machiavel. J'ai commencé par me donner, à moi,
le privilége universel des impressions, et tout livre qui ne sera
pas timbré de ma griffe restera dans le néant. Alors, tu vois
d'ici l'avenir de ton idée tombée en mes mains et devenue ma
propriété. J'ai crié : meure l'imprimerie! quand elle était à toi;
je crie : vive l'imprimerie! parce qu'elle est à moi. Mon bon, je
suis fou de ton art. Je vais lancer des hérésies dans les églises,
des contes amoureux dans les couvents, des sonnets libertins
dans les ménages, des pamphlets incendiaires dans la cour des
rois, des hymnes de révolte dans le forum des peuples... Je vais
calomnier le soleil, glorifier les ténèbres, et dire ce que je
pense de la vertu ! — Merci, Coster ; tu avais inventé une arme
pour tuer Satan, Satan la saisit pour se défendre, et tu vas voir
ce que je sais faire de l'arme la plus innocente, quand je l'em-
poisonne avec le venin de mon enfer.

COSTER.

Horrible! horrible! Autour de moi, point de consolation.
(*Frappé d'un souvenir.*) Ecoute, c'est pour ma fille que je me
suis donné à toi. Chaque fois que je te vois, je te demande où
est-elle ?... qu'en as-tu fait? je veux la voir.

SATAN.

J'en ai des nouvelles. Elle a quitté l'Espagne... elle est à
Rome ! tu la verras cette nuit.

COSTER, *avec joie*

Ah! dis-tu vrai ?

SATAN, *écoutant.*

Allons, mon ami, reprends ta bonne humeur; j'entends nos
convives qui reviennent; tu vas voir le maître de ce palais, le
plus cher de mes élèves, César Borgia, un jeune orphelin bien
intéressant! Son père est mort le mois dernier; mort, comme on
meurt dans sa famille, empoisonné au dessert. — C'est un usage
des Borgia, ils ne dînent jamais autrement. — Le voici, regarde, et juge ce que peut contenir de vin de Chypre la poitrine
d'un Borgia, quand il n'est qu'aux trois quarts empoisonné.

SCÈNE III.

Les Mêmes, BORGIA, *puis* IMPÉRIA.

BORGIA, *paraît au fond.*

Hatto, mon beau page, encourage donc un peu ta belle maîtresse Impéria... Je trouve qu'elle verse d'une main paresseuse
le vin des adieux. Je suis ensorcelé, rien ne me réussit! Ils sont
encore tous debout. N'ai-je donc plus affaire qu'à des Mithri-
dates? (*Apercevant Satan.*) Ah! te voilà, Machiavel!.. Que le
diable brûle une bonne fois toute cette race des Médicis!

MACHIAVEL.

Pas d'impatience, monseigneur! tout vient en son temps...
Mais... il est donc vrai?... la faction florentine l'emporte au
conclave, et c'est un Médicis que les cardinaux vont nommer.

BORGIA.

Trop vrai!... Florence l'emporte sur Rome! Ah çà, me diras-
tu ce que tu as fait de mes ducats? je t'en avais donné quelque
trois cent mille, ce me semble, pour acheter Florence?

MACHIAVEL.

J'ai découvert un marché plus avantageux... je me suis acheté
moi-même.

BORGIA.

Hein?... Tu m'as trahi?

MACHIAVEL.

Certainement.

BORGIA.

Il l'avoue.

MACHIAVEL.

Trois cent mille ducats, une leçon de Machiavel, monseigneur,
cela n'est pas trop payé.

BORGIA.

Et que m'as-tu donc appris?

MACHIAVEL.

A ne vous fier à personne..., Chapitre sept de mes œuvres.

BORGIA, *se met à rire.*

Plaisant coquin que ce Machiavel! (*Il se retourne et regarde Coster.*) Eh! mais quel est ce gentilhomme? Attends, je crois que je vais mettre un nom sur ce visage! Je le devine à son air de pétrification hollandaise?.. C'est ce Laurent Coster dont tu me remplis tes lettres depuis un mois, et dont tu prétendais m'effrayer?

MACHIAVEL.

Peste! Le vin de Chypre vous donne une sagacité! Quand monseigneur voit double, il a deux fois raison.

BORGIA, *bas, à Machiavel.*

Ainsi, c'est bien là ce fameux inventeur... si redoutable aux sceptres et aux trônes... (*Il rit.*) Eh bien! je l'inviterai à souper!

MACHIAVEL.

Et vous n'oublierez pas le dessert. (*Ils causent bas.*)

COSTER, *à part.*

Pauvre Europe! Et je pourrais la sauver! (*A ce moment Impéria paraît au fond, Coster la reconnaît.*)

COSTER.

Elle! je m'attendais à la revoir à côté de lui!

BORGIA, *à Machiavel.*

Chut! voilà notre belle Impéria ! (*Il va vers elle et lui parle bas.*) Impéria, ma belle reine, as-tu versé le vin des Borgia à ceux de mes convives que je t'ai désignés?

IMPÉRIA.

Rassure-toi, Borgia! l'ivresse que je verse donne toujours la mort. (*Elle passe après avoir jeté un regard vers Coster, et sort à droite.*)

COSTER, *allant à Borgia.*

N'est-ce point depuis que cette femme est devenue votre favorite, que la ruine de votre maison a commencé, monseigneur?

BORGIA.

Vous dites presque vrai, comte Coster. (*A Machiavel.*) Impéria est encore un de tes cadeaux, Machiavel; ne t'en vante pas.

MACHIAVEL.

Vous aurait-elle conseillé la vertu?

BORGIA.

Pis que cela... elle m'a conseillé mes fautes.

COSTER, *à Borgia.*

Prenez garde, monseigneur, vous lui devrez votre perte.

MACHIAVEL.

Que dites-vous? Monseigneur est bien assez fort pour se perdre tout seul.

BORGIA, *à Machiavel.*

Flatteur! (*A Coster.*) Ne l'écoutez pas... D'ailleurs depuis ce matin, je ne l'aime plus !

COSTER.

Vous vous trompez, monseigneur; celui qui a aimé cette femme... l'aimera toujours.

BORGIA.

Quelle idée ! mais non, pas du tout, j'en aime une autre ! Eh ! tenez, à ce propos,, puisque vous êtes du Nord vous devez savoir apprécier la denrée féminine de ces climats... je vous en montrerai un échantillon, arrivé tout récemment par les galères d'Espagne. Une jeune et délicieuse Hollandaise, à ce que m'a dit mon grand référendaire.

COSTER.

Vous dites, une Flamande... vous dites?

BORGIA.

Oui, elle aura su sans doute que parmi nous les jolies filles gagnaient dans le palais des princes de quoi s'acheter un mari, et votre Flamande s'est mise à la mode... elle est venue, je l'ai vue et je vaincrai; devise de César, mon patron païen.

COSTER.

Arrivant d'Espagne ! Quel soupçon !

BORGIA, *montrant la porte de droite.*

Elle est là !... elle m'attend !... Je vous la présenterai demain matin ! Allons ! souhaitez-moi la plus heureuse et la plus charmante des nuits ! A demain, Machiavel, à demain ! (*Il s'arrête et chancelle. Coster profite de ce moment pour entrer à la place de Borgia.*) Machiavel ! Machiavel !

MACHIAVEL, *très-calme.*

Qu'est-ce, seigneur duc ?

BORGIA, *il passe à gauche et s'appuie sur un fauteuil.*

Est-ce qu'Impéria se serait trompée au dessert ? Est-ce qu'elle m'aurait versé, par distraction, le vin de mes convives ?

MACHIAVEL.

Impéria ne commet jamais de distractions, monseigneur !

BORGIA, *le regardant.*

Tu es effrayant, Machiavel.

MACHIAVEL.

Allons donc, je ris !

BORGIA.

Et moi, je sens que je meurs.

MACHIAVEL.

C'est possible ! la race des Borgia doit finir ; tu étais le dernier ; j'ai exprimé tout le mal qui était dans tes veines, et je te laisse tomber de mes mains comme un vase qui n'a plus de poison.

BORGIA, *voulant s'élancer sur Machiavel.*

Misérable ! je ne tomberai pas seul. (*Il se retourne vers la porte et appelle :*) A moi ! à moi ! (*Il sort en se soutenant à peine.*)

MACHIAVEL, *le regardant sortir.*

Chapitre treize de mon livre !

SCÈNE IV.

MACHIAVEL, COSTER.

COSTER, *rentrant pâle et défait.*

Satan ! là, dans cette chambre impure, au milieu des fleurs, de la soie et des femmes perdues... je viens de reconnaître...

MACHIAVEL.

Ta fille ?

COSTER.

Oui.

MACAIAVEL.

Ta fille? Je le savais! ne devais-je pas te la montrer cette nuit?

COSTER.

Déshonorée!... et vivante? Mais c'est pour elle, c'est pour la sauver que je me suis donné à toi!

MACHIAVEL.

Eh bien! quoi d'étonnant? Le bien que je fais engendre le mal, et tous ceux que je sauve sont perdus. (*Il passe à droite.*)

COSTER, *avec un cri de désespoir.*

Ah! c'est le dernier coup! Ecoute, je t'adjure, car j'ai le droit de t'ordonner ce que je veux. Je t'adjure, et je te dis: Toi, qui as passé dans ma vie comme un ouragan de feu, toi, qui n'as semé sur mes pas que ruine et dévastation... ôte-moi le souvenir, donne-moi l'oubli. La mort ne me rassure pas... j'aime mieux le néant de la pensée, c'est le vrai repos. Je veux vivre... mais oublier.

MACHIAVEL, *étendant la main vers lui.*

Qu'il soit fait ainsi! j'ai promis d'accomplir tous tes vœux... si la loyauté se perdait sur la terre... (*montrant le sol*) on la retrouverait là-dessous. (*Il sort à droite au premier plan.*)

SCENE V.

COSTER, LUCIE.

LUCIE, *paraît à la porte où est entré son père, à droite,* 2me *plan.*

Mon père! (*Allant à lui.*) Mon père!

COSTER, *avec égarement.*

Que veut cette femme?

LUCIE.

Oh! je vous comprends! (*Montrant sa robe.*) Vous ne voulez pas me reconnaître sous cette parure de la honte!.. Mais vous le savez, mon père, le palais des Borgia ne s'ouvre qu'aux femmes perdues, et j'ai menti pour en franchir le seuil et pour parvenir jusqu'à vous.

COSTER, *même jeu.*

Les Borgia? je ne connais pas ces hommes! Je ne connais personne... je ne vous connais pas : que venez-vous faire ici?

LUCIE.

Je viens vous sauver, mon père. Du fond de l'Espagne une voix céleste m'a guidée... la voix de ma mère... vous m'écoutez, n'est-ce pas? Cette voix m'a dit : va le chercher, conduis-le au Vatican, sur le tombeau de Saint-Pierre le martyr, et là, que pendant une heure... vous comprenez, mon père, rien qu'une heure, mais c'est une éternité pour le repentir! Là, qu'il prie, les yeux tournés vers le ciel, que nul souvenir profane ne vienne troubler sa prière... et il sera délivré de l'enfer! Vous ne m'avez donc pas entendu! Ah! mon Dieu! cet œil morne! ce sourire glacé! mon père! répondez-moi!

COSTER, *il s'assied.*

Laissez-moi, ma chère enfant, la fatigue m'accable; oh! le sommeil! le sommeil est bien doux!

LUCIE, *avec un cri de désespoir.*

Ah! sa raison est morte, il est perdu ! (*Elle demeure accablée.*) O ma mère! vous qui m'avez toujours si bien inspirée, parlez-moi une fois encore!.. mon âme vous écoute! (*Avec recueillement, en tirant un livre de son escarcelle.*) Sainte idée!.. ce livre qui ne me quitte jamais! ce livre que la reine Isabelle a sauvé des flammes, ce livre va s'ouvrir et me parler! (*Elle l'ouvre et lit.*) « Éclairez ceux qui sont assis dans les ténèbres et dans » l'ombre de la mort, et conduisez leurs pas sur le chemin du » salut. » Au nom de ces paroles divines que votre art et votre génie ont reproduites, ô mon père! levez-vous et marchez! ..

COSTER, *comme sortant d'un sommeil profond, se lève et écoute.*

Cette voix céleste... (*La regardant.*) Ces traits angéliques!.. jeune fille, tu n'appartiens pas à la terre(*Allant à elle.*) Sois mon guide ; il fait bien sombre autour de moi! (*Lui prenant la main.*) Ne me quitte plus... ta main dans ma main... mes regards sur tes yeux!...

LUCIE.

Il me suivra! merci, mon Dieu! Mon père! venez au tombeau du martyr! (*Ils sortent par le fond, la nuit vient.*)

SCÈNE VI.

IMPÉRIA, SATAN, *ils entrent de droite.*

SATAN.

Tu l'as bien entendu ?

IMPÉRIA.

Comme toi !

SATAN.

Je réclame
Ce qui va m'échapper aujourd'hui...

IMPÉRIA.

Quoi?

SATAN.

Son âme !
Interromps sa prière; assise à son côté,
Comme une étoile d'or fais luire ta beauté.

IMPÉRIA.

Je n'irai pas.

SATAN.

Quel est cet étrange caprice ?
Tu me refuses donc?

IMPÉRIA.

Oui.

SATAN.

Ce dernier service?
Voilà la femme ! — Ingrate après tant de bienfaits !
Même au plus beau moment, les femmes que je fais !
Des piéges infernaux j'épuiserai l'amorce;
Car c'est au ciel chrétien que Coster prend sa force,
Et par lui nous verrons décider en ce lieu
Qui doit régner ici, de Satan ou de Dieu.

IMPÉRIA.

Je n'irai pas !

SATAN.

Prends garde !

IMPÉRIA.

Oh ! ta vaine menace
Ne m'intimide point !

SATAN.

Prends garde !

IMPÉRIA, *à part.*

L'heure passe !

SATAN.

Tu me désobéis ?

IMPÉRIA.

Désobéir à toi,
C'est obéir à Dieu !

SATAN.

Dieu ! tu braves ma loi,
Tu te révoltes !

IMPÉRIA.

Oui, Satan, cela t'irrite,
Toi, le grand révolté de la race maudite !

SATAN.

Ah ! tu te fais ingrate !

IMPÉRIA.

Et cela t'a surpris,
Toi, le premier ingrat des célestes esprits !

SATAN.

Ah ! tu veux m'irriter !

IMPÉRIA.

Contre toi je me lève...
Mon esclavage enfin dans ma lutte s'achève ;
Je suis libre de toi ! Je dérobe mon front
Au pied qui m'écrasait d'un éternel affront ;
Lasse de voir l'enfer, je regarde les nues ;
L'amour révèle en moi des formes inconnues !
Démon des froids baisers, associe à tes pas
Une autre courtisane.... un cœur qui n'aime pas !

SATAN.

Ecoute, femme ! écoute, enfant ! écoute, folle !
Ta vie et ta beauté, ton souffle et ta parole
Sont à moi ; tu n'es rien, rien qu'un fantôme vain !

IMPÉRIA, *à part.*

L'heure passe ; Coster a le pardon divin.

SATAN.

Esclave, courbe-toi ! Si ma vengeance est lente,

Elle tombe à genoux.

Elle frappera mieux une tête insolente ;

Elle baisse la tête.

Ecoute bien celui qui n'a rien pardonné :
Tu vis du mouvement que ma main t'a donné.
Comme l'être sorti d'une invisible race,
Tu marches, et ton pied ne laisse aucune trace,
Voilà ce que n'a point compris ton fol orgueil !
Spectre sans nom, fantôme échappé du cercueil,
Indocile toujours à la main qui te mène,
Tu peux prendre ta part de la folie humaine ;
Tu veux, contrariant chacun de mes souhaits,
Haïr tous ceux que j'aime, aimer ceux que je hais !

Par un geste il la fait lever.

Eh bien ! tu vas me rendre avant l'heure sonnée
Cette vivante mort que je t'avais donnée,
Ce souffle de l'enfer, qu'à ton dernier instant
J'avais mis sur ta lèvre en te ressuscitant !

IMPÉRIA.

Non, ce souffle n'est pas le tien, c'est la flamme
Qui vient de l'amour et de Dieu ! c'est mon âme !
Non, je n'appartiens pas aux spectres de ta cour ;
J'existe, et je me sens vivre par mon amour !

SATAN.

Vivre ! tu vas mourir.

IMPÉRIA.

La mort me rendra libre ?

Elle va à la fenêtre.

Sur mon front j'ai reçu les eaux saintes du Tibre,

Et je ne crains plus rien, quand je vois sous mes yeux
Le roc du Vatican, péristyle des cieux.

SATAN.

Oh ! tu ne trouveras que l'enfer sur ta route.

IMPÉRIA.

Je trouverai le ciel !

SATAN.

Femme maudite, écoute

Une dernière fois !

IMPÉRIA.

Je t'ai trop écouté...

SATAN.

C'est le dernier éclair de ma longue bonté !

IMPÉRIA.

Que ta haine commence !

SATAN.

Approche !

IMPÉRIA.

Je suis prête.

SATAN, *d'une voix terrible.*

La foudre de l'enfer s'allume sur ta tête...
Approche, Impéria !

IMPÉRIA, *comme fascinée.*

Non !

SATAN, *la dominant.*

Ton souffle et ta voix
Remontent à leur source.... à ma lèvre ; tu vois
Qu'aucun ange ne vient à nous ! Femme rebelle,
Femme, cesse d'aimer, de vivre, d'être belle...
Rentre dans ton sépulcre !

IMPÉRIA, *d'une voix étouffée.*

Encor quelques instants !

SATAN, *aspirant la vie d'Impéria.*

Rends-moi ta vie et meurs !

On entend sonner les cloches et tonner le canon.

IMPÉRIA, *d'une voix éteinte.*

Il est sauvé ! J'entends
Les cloches et les cris et le canon qui tonne !
Le Saint Père bénit le monde !

SATAN, *avec rage.*

L'heure sonne,
Malheur !

IMPÉRIA.

Heureux les jours où pour lui j'ai vécu !
Adieu, Coster, adieu !

SATAN, *la soutenant.*

Morte ! je suis vaincu ! ·

Ils disparaissent au milieu des flammes. Le théâtre change.

DIXIÈME TABLEAU.

Le triomphe romain. — A Rome, une place publique. — On aperçoit les monuments de Rome. — Le peuple est au fond — Acclamations. — Un cortége débouche du fond à droite. — La marche
est ouverte par des hommes sonnant de la trompette romaine, puis
des nymphes, dieux, déesses, poëtes, peintres, sculpteurs; ensuite
on voit un char traîné par quatre faunes, dans lequel est Coster, sa
femme et sa fille. — Ils sont précédés par les trois compagnons. —
Le char s'arrête sur le devant à gauche.

IMPÉRIA , *transformée, paraît au milieu, appuyée sur un bas de
colonne en ruine.*

Je viens de traverser la mort qui purifie,
Et du divin séjour de l'éternelle vie,
J'arrive auprès de toi, Coster, pour soutenir
Ton courage, s'il doute encor de l'avenir !
L'Europe, à la lueur de ta main qui l'éclaire,
Enfin ouvre les yeux dans sa nuit séculaire,

    - Et le tombeau fermé sur Alexandre six
    Voit luire au Quirinal, Léon de Médicis. —
    O Coster ! c'est ton art qui nous fait ce prodige !
    Du golfe de Tarente aux cités de l'Adige,
    L'Italie en sursaut s'éveille, et les Beaux Arts
    Vont rendre au Vatican la Rome des Césars ;
    La résurrection du cadavre est complète !
    Tout ce qui tient en main la lyre, la palette,
    Le ciseau du sculpteur, se lève en ce moment,
    Et porte, avec amour, sa pierre au monument.
    De son marbre, Paros ne sera plus avare ;
    Bramante et Michel-Ange épuiseront Carrare ;
    Raphaël va venir ; Dante a laissé des vers
    Qui, sur l'aile du livre, instruiront l'univers !
    Oui, Coster, ton flambeau perce le dernier voile.
    Sépulcre du génie ! et cette même étoile
    Qui conduisait les Rois jusqu'à Jérusalem,
    Tu l'as rendue au monde, imagier de Harlem !

(Le cortége reprend sa marche en passant sur l'avant-scène; derrière,
  entre deux hallebardiers, est Satan, enveloppé d'une grande robe
  rouge, les mains attachées derrière le dos. Il s'arrête au milieu et
  comme indiquant le char.)

                        SATAN.

    Tout soleil rayonnant a son éclipse sombre !
    Et tout char triomphal, son insulteur dans l'ombre !

                    (*Il remonte à droite à la suite du char.*)

                        FIN.

Paris. —Typ. de M⁻ V⁻ Dondey-Dupré, rue Saint-Louis, 46, au Marais.

9 782019 134969